ノベル・フロントライン大賞発表!

中智省 編著

ライト ノベル・ フロント ライン 1

青弓社

▼目次

表紙イラスト――時雨
装丁――斉藤よしのぶ
本文デザイン――四幻社［滝澤 博］

創刊の辞　ライトノベル論宣言

大橋崇行

創作と研究・批評とは、エンジンと燃料のようなものだ。

原動機があるだけでは機械は動かないし、燃料だけでもどうにもならない。原動機に燃料を加えることで、はじめて機械を動かすことができる。

それと同じように、創作された作品は、それだけで作品として流通させることは難しい。作品や作家がなんらかのかたちで「評価」されることで、その名前がより多くの読者にまで広がり、手に取ってもらえるようになる。

かつて文学が隆盛をきわめた時代があった。一九三〇年代と四〇年代後半、そして六〇年代から七〇年代にかけてである。これらの時期に共通して言えることは、それぞれの時代を代表する批評家や研究者の名前が、比較的容易に挙がることだ。小林秀雄、荒正人、平野謙、本多秋五、小田切秀雄、吉田精一、江藤淳、前田愛、柄谷行人と、文芸批評家・文学研究者が活躍した時期は、ほぼ例外なく創作も盛んな時期に見える。活字の媒体で論じられることで、読者が個々の作品や作家の名前を見つけることも容易になる。

ライトノベルにも、かつてこれと似たような状況があった。乙一、大塚英志、東浩紀、新城カズマらがライトノベルについて次々と言及し、多くのヒット作を生み出したゼロ年代である。もちろんこの時期は、一九九〇年代のライトノベルとは少なからず異なる作品が数多く刊行された時期だったし、谷川流『涼宮ハルヒの憂鬱』（［角川文庫］、角川書店、二〇〇三年―）が京都アニメーションの制作によってアニメ化され、ブームを迎えた時期でもある。確かにいわゆるゼロ年代批評にはさまざまな問題点が指摘できるが、ライトノベルの普及という点で言えば、少なからぬ役割を果たしたといえる。

それでは、イチゼロ年代に入った現在はどうだろうか。

宇野常寛、濱野智史、香月孝史をはじめ、アイドルを論じようとする批評家はいる。また、藤田直哉や岡和田晃などSF小説を論じる少数の批評家はいるものの、宇野常寛がゼロ年代のキャラクター論を切り捨てたことに象徴されるように、現在の批評は創作された物語テクストから少なからず離れている印象がある。一方で研究のほうでも、西田谷洋、千田洋幸をはじめとしたマンガ、アニメ、ポップカルチャーに言及する論者があり、私たちライトノベル研究会も二〇〇九年に『ライトノベル研究序説』(一柳廣孝/久米依子編著、青弓社)、二〇一三年に『ライトノベル・スタディーズ』(一柳廣孝/久米依子編著、青弓社)を刊行してきたが、研究では扱う作品がどうしてもやや評価の固まったものになってしまうため、取り上げたのはそのほとんどがゼロ年代半ばの作品となってしまった。たとえば、「ボカロ小説」について論じた文章が批評・研究のレベルではほぼ皆無だという状況が示すように、ライトノベルとその周辺領域について最前線の状況を追うことはほとんどできていない。現在のライトノベルは、燃料を失っているのだ。

あるいは、インターネットを介したSNSの普及で、作品への言及は十分だという人もいるかもしれない。しかし、たとえばそこで少なからず見られる作品を「叩く」ことだけを目的として書かれた言説は、そのテクスト、さらにはそのテクストが関わる書籍群全体に対する印象を悪化させ、流通を妨げる。このような言説は作家にとってだけでなく、そのテクストが関与する書籍群全体にとって害悪以外のなにものでもない。そして特にライトノベルに関わるネット書評には、このような傾向が見受けられる。

一方で、確かに、作品を「評価」する言説であれば、小説の流布に貢献することがある。だが、その評価は読者の個人的な好みの域を出ないものであることが多く、より一般的に評価されるテクストを生み出すことは難しい。書評は確かに個々のテクストについての評価を高めるものの、その書籍が関わるジャンル、カテゴリー全体を押し広げるところには至りにくい。創作がエンジン、批評・研究が燃料であるとすれば、書評はその車に乗った客なのである。

しかし、ライトノベルにはまだ可能性が残されている。それは、近代以降の文学や一般文芸が切り捨ててきた日本語表現のあり方であり、物語のあり方である。少なくとも、ゼロ年代半ばのライトノベルは、まだそれを持っていたはずだ。

その意味で、電子書籍が急速に浸透しつつある現在でも、まだ紙の媒体で刊行する批評と研究の役割は残されているように思う。すなわち、対象として扱う書籍群全体について体系的に論じ、ネット上の書評ではなかなか挙がってこない名作を見いだすことで、個々の作品だけでなくその周辺領域全体を活気づけ、より多くの読者に手に取ってもらえるよう裾野を広げていくという役割である。

そこで本書は年二回の刊行を目指し、イチゼロ年代以降のライトノベルとその周辺領域、メディアミックス作品の最新の状況を、できるかぎり扱っていきたい。そうした言説をより多く編成していくことこそが、ゼロ年代半ばにあったライトノベルの活況を取り戻し、さらに新しい物語を生み出す燃料となるにちがいないからである。

特集 第1回ライトノベル・フロントライン大賞発表！

『ライトノベル・フロントライン』を立ち上げるにあたり、ライトノベル研究会では特集内容に関する検討を何度も重ねた。いま、改めてライトノベルに目を向けていくうえで、必要なものは何か。そうしてたどり着いた答えのひとつが、創刊号となる本書で企画した「第1回ライトノベル・フロントライン大賞」である。例えば読者が購入する作品を選ぶ際、順位や優劣が一目でわかるランキングは判断基準になりやすい。ライトノベルにも「このライトノベルがすごい！」（宝島社）をはじめ、オリコンや書店のランキングが存在しており、それはそれとして十分に意義があると言えるだろう。しかし、実際は人気シリーズの新作やメディアミックス作品といった「売れ筋」が上位を占めており、ランキングに浮上しないまま埋もれる作品は数多い。本大賞はそうしたランキングが取りこぼしがちな作品のうち、新人作家のデビュー作に注目する。商業成績によらず、作品としての面白さをしっかり評価することを第一に考え、良質なライトノベルを再発見していく。もちろん、本大賞が絶対的な基準や評価というわけではない。そうではなく、これをきっかけに毎年多数の作品が刊行されるライトノベルのなかから、ひとつでも多くの作品が読者の手に届き、ライトノベルを楽しむ機会が増えてくれたらと強く願っている。

選考にあたって

選考対象とした作品は、二〇一四年一月一日から同年十二月三十一日の間に以下の指定レーベルから刊行された新人作家のデビュー作である。選考作業は基本的にライトノベル研究会の会員がおこない、最終選考は外部から二人の委員を招聘している。なお、以下の指定レーベルは選考作業の便宜上、ライトノベル研究会が独自に設定したものであり、全レーベルの網羅を目的としたものではない点にご留意いただきたい。また、今後も協議を重ねながら、選考基準の調整を適宜図っていく予定である。

〈指定レーベル〉

GA文庫・HJ文庫・KCG文庫・MF文庫J・X文庫ホワイトハート・アルファライト文庫・オーバーラップ文庫・ガガガ文庫・このライトノベルがすごい！文庫・コバルト文庫・スマッシュ文庫・ダッシュエックス文庫（スーパーダッシュ文庫）・ビーズログ文庫・ヒーロー文庫・ファミ通文庫・ぽにきゃんBOOKS・モンスター文庫・ルルル文庫・一迅社文庫・一迅社文庫アイリス・角川スニーカー文庫・角川ビーンズ文庫・講談社ラノベ文庫・電撃文庫・富士見ファンタジア文庫

大賞作品発表！

ライトノベル研究会が総力を挙げて選考した作品のうち、最終選考に残ったのは次の六作品。

・境田吉孝『夏の終わりとリセット彼女』（ガガガ文庫）
・青葉優一『王手桂香取り！』（電撃文庫）
・佐々山プラス『ハコニワフールズ――精霊、火炎放射魔、古い顔』（電撃文庫）
・高橋祐一『星降る夜は社畜を殴れ』（スニーカー文庫）
・三国陣『偽神戦記――首輪姫の戴冠』（スーパーダッシュ文庫）
・アズミ『給食争奪戦』（電撃文庫）

この六作品は、「選考にあたって」で示した基準を満たす作品の数々を会員が下読みし、各人の推薦作品を本書の編著者である大橋崇行と山中智省がさらに絞り込み、大賞候補として選出したものである。

そして、編著者二人に研究会外部の選考委員として書評家・タニグチリウイチ氏とライター・倉本さおり氏を加えて最終選考委員会を開催。協議に協議を重ねて大賞作品を選考した。

大賞には、満場一致で

境田吉孝『夏の終わりとリセット彼女』（ガガガ文庫）

を選出。また高橋祐一『星降る夜は社畜を殴れ』と青葉優一『王手桂香取り！』の二作品に特別賞を贈ることにした。

以下では、大賞受賞者の境田吉孝氏にインタビューを実施。また特別賞の選出理由を大橋・山中両人がまとめている。さらに最終選考委員会の様子を座談会形式で所収した。なお、会員各人の推薦作品については、「大賞候補作品ブックレビュー」として三六ページ以降に所収している。

（文責：ライトノベル研究会／青弓社編集部）

大賞受賞者・境田吉孝さんインタビュー

聞き手：大橋崇行／山中智省

●大賞

境田吉孝著、植田亮イラスト『夏の終わりとリセット彼女』（ガガガ文庫）、小学館、二〇一四年

大橋崇行　「ライトノベル・フロントライン大賞」は「年間数多く刊行されるライトノベルのなかで埋もれてしまう、しかしながら良質な作品を新人作家のデビュー作から再発見し、批評の活性化を図る」ことを目的に創設しました。その第一回大賞作品として、このたび『夏の終わりとリセット彼女』を満場一致で選出いたしましたが、いまの境田さんのお気持ちはいかが

大賞受賞者の境田さん（中央）と編集者の大橋（右）・山中（左）

でしょうか。

境田吉孝　選んでいただきありがとうございます。フロントライン大賞の趣旨にあるように、デビューしたばかりで知名度もあまりなくて、正直埋もれた感があったので、すごくありがたく思っています。この受賞を契機にして、少しでも多くの方に読んでいただければうれしいですね。

大橋　この作品がデビュー作になりますが、けっこう前から書かれていたのでしょうか。

境田　書くこと自体は高校生のときぐらいから始めていました。最初の頃はどこか遊び感覚のところがあって、作家になろうという意気込みよりも、いつかなれればいいなという感じでしたが、本気でがんばってみようと思い新人賞に応募しました。

大橋　失礼ですが、いまおいくつですか？

境田　僕はいま二十二歳です。

大橋　お若いですね。最近はライトノベルの新人賞も二十代後半の書き手が増えてきて、少し年齢層が上がってきているので二十二歳というのは久しぶりです。

山中智省　同時期にデビューしたライトノベル作家のなかでも、いちばん若いのではないですか？

境田　同期五人のなかでは、年齢は僕がいちばん下ですね。

山中　昔は乙一や西尾維新などが二十歳あたりまでにデビューしていましたが、境田さんの年齢ですと、最近なら若いほうですね。

大橋　久しぶりに若い方でしっかりとした小説を書ける方だなと思いました。

山中　そうですね。きちんと文章を書けるというのは、選考で高く評価された部分でした。この作品で小学館ライトノベル大賞という新人賞に応募され、見事優秀賞を受賞されましたが、初めからライトノベルを書こうと意識されていたのですか？

境田　ライトノベルでデビューしたいという気持ちは以前からずっとありました。賀東招二先生の『フルメタル・パニック！』（〔富士見ファンタジア文庫〕、富士見書房、一九九八—二〇一一年）や、『涼宮ハルヒ』シリーズ（谷川流、〔角川スニーカー文庫〕、角川書店、二〇〇三年—）が中学二年のときにクラスではやり、直撃したというか、ものすごく影響を受けまして。そこからライトノベルひと筋です。

山中　そういったなかで小学館のガガガ文庫の賞に投稿されたのは、何か理由があったのでしょうか。

境田　もう強烈に、田中ロミオ先生がいらっしゃったからですね。そのとき受賞した同期が五人いるのですが、ほとんどみんながその理由じゃないでしょうか。

山中　『人類は衰退しました』（田中ロミオ、〔ガガガ文庫〕、小学館、二〇〇七—一四年）ですね？

境田　あとゲーム作品のほうもドハマリしました。田中先生にまだお会いできてないのが残念でたまりません。

山中　読書経験からしてライトノベルをかなり読まれていたのですね。この作品を書かれたときに、ここは自分なりにライトノベルらしさを出したなというところがあれば教えてください。

境田　ライトノベルらしさを出したといいますか、ものすごくがんばったと思うのはヒロインのかわいさを出そうとしたところです。シーンを足すなど編集者とかなり煮詰めて形にしていきました。

山中　そのヒロインの桜間さんがカバーイラストにもなっていますが、このキャラクターの執筆過程でも、もしくは直されている最中でもいいのですが、モデルになった人とか、あるいはこういうヒロイン像を作りたかったという人は誰かいましたか？

境田　そういう面では特にモデルという人はいないです。ただ、記憶喪失というギミックがまず先行していたので、記憶喪失になった女の子の性格がどんな感じだったらかわいいかな、という逆算から作っていきました。

大橋　この作品の主人公は境田さんをモデルにしているのですか？　お話ししていると、とても似ているように感じるのですが。

境田　それを言われると少しつらいのですが、自分が考えていることを反映したキャラクターであるのは間違いないので、完全に否定もできないところです。

大橋　プロットについてはいかがでしょうか。例えば二作目以降なら企画書でキャラクターを作り込んでから書いていきます。境田さんが最初の段階でどれくらいまで作り込んで書いたのか気になるところです。

境田　初稿では大して作り込まずに勢いで書くことができました。文章にまとめなければいけないレベルほどには掘り込まずに、何となく頭のなかにあるものを自然な形で書いていったらできた、という印象です。

大橋　つまり、わりと一発書きといった感じでしょうか？

境田　プロットは一応立てましたが、この作品が初めて書き終えた小説だったので、プロットの立て方もよくわからないというなか、手探りでやっていきました。

山中　『夏の終わりとリセット彼女』というタイトルについてですが、一見すると典型的な記憶喪失ものを彷彿とさせます。しかし実際に読んでみると、タイトルでイメージしたものと読んでみた内容とのギャップに、いい意味で驚かされました。恋愛モノとして読めると思って読み進めていったら、他者とのコミュニケーションをめぐる切実な思い、問題が描かれている。このギャップの存在について境田さんはどうお考えでしょうか。

境田　タイトルに関しては、編集者とものすごくやりとりをして決めていきました。当初は『行き着く場所』というタイトルでしたが、ボツになりました。そこから、よりライトノベルらしいタイトルにということを踏まえ、「夏の終わり」という単語に含まれた爽やかな切なさみたいなものと、「リセット彼女」という言葉をつけることで、記憶がなくなるという部分の意味合いを込めてこのタイトルにしました。ギャップについては、今回扱っているコミュニケーションの痛さ、生々しさといったものを全面に謳ったタイトルにしてもなかなかしんどいと思い、タイトルの印象と実際読んでもらったときの印象でギャップが出る、ライトノベルらしい作品に仕上がったのではないかと思っています。

大橋　タイトルがもう少し硬かったら、一般文芸や青春小説として出されてもおかしくなかったでしょうね。こうした書きぶりは、かなりいろいろなものに触れてこられた印象があるのですが、ラノベ以外に影響を受けた好きな作家はいませんか？

境田　こんなことを言うのはちょっと恥ずかしいのですが、ワナビの時代はものすごく痛々しいところがあって、売れている作品なんて心の中ではクソミソ、というとがりまくっていた時期がありました。

大橋　受賞されたのは二十一歳のときですよね？　ワナビ時代は短いと思いますが。

境田　まあそうなんですが、ものすごい鬱屈としたものがあって歪んでいたというんでしょうか。ちょっとライトノベルを読めなくなった時期があり、あまりにそれがしんどかったので、そのときにラノベを読めないなら別の方向のものをと思い、太宰治などにいっていました。太宰が好きだった作家を調べたり、海外の作家を読んだりしました。そういう流れでいろんな本を読みました。そこですごいなぁ、こんなに面白い本があったんだなぁといまもハマっているというか、よく読んでいます。

大橋　その鬱屈した感じが主人公の色に滲み出ていたのですね。青春の主人公を地でいっていて、コミュニケーションのとがった感じが非常によく出ていました。そこがなかったらもう少しベタなライトノベルになっていたかと思うので、逆によかったのではないでしょうか。まだ中二ゴコロの面も少しありますか？

境田　全然少しじゃないです。まだまだいっぱいあります。

大橋　それがなくなってくると、もう少し違ったタイプの作品を書かなくてはいけなくなってくると思いますね。作家としての次のテーマは、この自身を投影したキャラクター以外にどういうキャラクターを作ることができるかということかもしれませんね。

山中　物語の後半では主人公とヒロインの衝突から、最終的に和解をしていくシーンまで緊迫した空気で読みながら、ドキドキさせられました。このクライマックスは勢いで書かれたのか、それとも綿密に書いていかれたのか、どちらでしょうか？

境田　初めはやはり勢いです。あまり考えずに苦労することもなく、ただただ気持ちよくなって書きました。

綿密に考えながら書いていくほうが難しい印象はあります。ただ、あとで編集者には痛々しいと言われ、たくさんブレーキをかけられました。

大橋　勢いでいったほうが後半にいくにつれて書けますよね。とりあえずそれでいってみて、編集者に怒られておこうと（笑）。作家として言うと、それがないと読者が後半飽きてきてしまう。どんどん書くペースを上げていったほうが読むペースも上がってくれるので、よりのめり込める作品が書ける。

境田　そうですね。今回編集の方と一緒に本を作ってみて、何もないところに足してもらうよりも、ありすぎるところを編集者にブレーキをかけてもらって削っていったほうがいい作品になるのではないかと思いました。

大橋　そういう意味では境田さんのほとばしる中二パッションがいい意味で出た、新人賞にふさわしいデビュー作だったということですね。

境田　ちょっと気恥ずかしい気持ちになりますが、うれしいです。ありがとうございます。

山中　イラストに関してですが、本にするときに植田亮さんのイラストを見ていかがでしたか？　あとがきでも植田さんのイラストに関して言及されていましたが、これは本人のご希望ですか？

境田　編集者が決めたんですが、植田さんになりましたと言われたときは、実は、植田さんは中学生の頃から知っているイラストレーターさんだったので、びっくりしました。自分では全然想像できませんでした。でも、最初にラフをいただいたときにすごいなと思いました。『さよならピアノソナタ』（杉井光、〔電撃文庫〕、アスキー・メディアワークス、二〇〇七―〇九年）などの淡いながらの青春というイメージが、この作品のイメージにもばっちり決まったなという印象です。

山中　アニメ塗りのイラストが合う作品ではないですよね。やはりこれくらいの少し淡い色調のイラストが、タイトルにマッチしていると思います。

境田　イラストとタイトルが合致することで、淡い青春模様のなかのはっきりした色じゃなく、ぼやっとした色のような悩みといいますか、そういう部分をうまく植田さんに再現していただいたと思います。イラストと活字のイメージがマッチするところがライトノベルのいいところではないでしょうか。

山中　イラストひとつで印象がガラッと変わりますか

らね。
大橋　この作品のような高校生活をしてみたかったという気持ちはありますか？　境田さんはどのような高校生活を送られたのでしょうか。
境田　女の子と付き合うとかはなくて、もっと暗かった印象です。高校時代からそれにまつわることでしんどい思いをしたので、こういう青春がよかったなというよりは痛いやつだったなという印象です。そういう気持ちで書きました。
山中　実際に書かれて、周りの方の反応や感想はいかがでしたか？
境田　いや、普段お前こんなこと考えているのかと思われるのがすごくいやなので、なるべく読ませないようにしています。
山中　いまの環境でも作家であることを伏せているのですか？
境田　一応言ってはいるのですが、作品名を言わないようにして巧みに隠す方向にしています。
山中　作者名は本名ですよね？
境田　本名です。
大橋　それはもうバレバレですね（笑）。いまはライトノベル一本ですか？　もしくは兼業？
境田　バイトしながらという形です。
大橋　そこは周りの人に教えてあげて買ってもらいましょうよ。本名でやることのいちばんのメリットは、友人とか知り合いなどの身内に買ってもらえるというところだと思うので。
境田　でも、それが本当にいやなんです（笑）。
大橋　さて、今後の作品執筆予定はございますか？
境田　十一月に新作を予定しています。新シリーズという形で始めるべく現在執筆中です。
大橋　では次回作の内容をうかがえますか？
境田　今作は青春小説の要素が強かったですが、次回作はそこにコメディーっぽさをプラスしてみようと。大枠としては『はがない』（平坂読『僕は友達が少ない』〔MF文庫J〕、メディアファクトリー、二〇〇九—一五年）や『俺ガイル』（渡航『やはり俺の青春ラブコメはまちがっている。』〔ガガガ文庫〕、小学館、二〇一一年—）の路線で、部活モノの流れを汲んだ新しい形になればと思っています。青春時代にありがちなあらゆるコンプレックスを持った登場人物たちが部活モノのように一堂に会して、彼らの日常をコメディー的にも描きながら、その劣等感のようなものをつまびらかにしながら、ときには青春小説っぽくいい話に、そういったものを織り交ぜながら話を展開していければと思っています。

ポイントになるのは、主人公のクズさダメさというものをいかに描いていくかというところです。こんなダメな主人公がどうやって仲間たちから好かれていくのか、信頼されていくのか。社会や制度のなかではダメだとレッテルを貼られるけれど、悩みながらも彼なりのやり方で「ダメでもいいんだ」という肯定する姿、発言を描きたいです。例えば、一日学校を休んでしまって、翌日すごく行くのがいやになってついもう一日休んでしまった。そういうことが続いてより学校に行きにくくなってしまった。そういうときに自分はクズだなと思ってしまうような子たちに、「クズでもなんとかなるよ」という救済になるような作品に仕上げていきたいです。

大橋　なるほど。俺TUEEEE系の真逆ですね。

境田　そうです。俺YOEEEEんだけどなんとかするよ系、みたいな方向性を目指しています。まだそうした方向性を成功させた作品はないと思うんです。『俺ガイル』でも、主人公の目は死んでるとかクズとか言われていますが、スペックは実際高い。やっぱりどうしても俺TUEEEEなのかなと。そこを弱めながらどこまで読者に受け入れられる主人公にすることができるか、という挑戦の最中です。

大橋　それは難しい挑戦ですね。期待しています。

境田　実際の作業はかなり難航していますが、とにかくがんばって書きたいと思います。

大橋　将来的にはどういった作家になっていきたいと思ってますか?

境田　将来のことはまったく見えないというのが正直なところですね。ただ、いま目標にしているのは太宰治のような作家です。太宰が作家のなかでいちばん好きなんですが、太宰のどれというわけではありませんが太宰みたいな、なんというか読んだ人がちょっと元気になるような話を書いていきたいです。僕もけっこう惨めな思いをしてきているほうなので、弱者の側に立った作品を書いていきたいです。そういう惨めな思いをしている人がちょっと明るくなれるお話が書ければいちばんいいかなと思っています。

大橋　ライトノベル作家としては珍しい立ち位置です

境田吉孝さんの新刊情報！

インタビューのなかでも言及されていましたが、第１回ライトノベル・フロントライン大賞受賞者・境田吉孝さんの待望の新刊が11月に刊行予定。書名は『青春絶対つぶすマンな俺とダメ子さんの日常』。境田さんはインタビューで「俺YOEEEEんだけどなんとかするよ系」と表現していましたが、それがどのように作品となったのか、それとはまた別の面白さが表現されているのか……結果は、ぜひ本書をお手に取って確かめてみてください！

境田吉孝著、U35イラスト
『青春絶対つぶすマンな俺とダメ子さんの日常』
小学館「ガガガ文庫」刊、11月刊行予定
予価574円＋税

＼"痛" 青春にも、救いはある。／

「現実はクソだ。だってラノベみたいに俺に都合よく出来てないから」「……え、何か言った？　死んだら？」

勝ち組っぽいやつの足を引っ張ることに全力を傾けるパーフェクト負け犬高校生の狭山明人と、怪我を理由に部活を引退した冷血ブリザードな無気力少女・小野寺薫。

放課後に呼び出しをうけた二人は、謎のボランティア活動にいそしむ中等部の少女・藤崎小夜子と出会うが――。

「私は明人と薫をお助けする正義のボランティアなのです。ダメ人間を矯正して真人間にするのです。頑張る方向なのです。えっへん」

電波発言にドン引きしながらも、藤崎が室長をつとめる特別生徒相談室の「救済」活動に巻き込まれる狭山と小野寺。二人は、学校で悩みを抱える個性的な生徒たちと出会い、藤崎とともに彼らの問題に対処することになるが……？

――現実はクソだ。不条理で、不都合で、不公平だ。だから、少しは救いがあっていい。

『夏の終わりとリセット彼女』で鮮烈なデビューを果たした境田吉孝の待望の最新作がここに登場！

クズ・電波・無気力・変態・ひきニートとその他諸々がおくるダメ人間オールスター系青春ラブコメ！

［イラスト左から］
小野寺薫（おのでら・かおる）：怪我を理由に部活を引退した無気力少女
狭山明人（さやま・あきと）：負け犬根性の強いゲスな男子高校生
藤崎小夜子（ふじさき・さよこ）：自称ボランティアの電波少女
仲里花梨（なかさと・かりん）：極端に成績の悪いおバカ少女
矢野真澄（やの・ますみ）：バイトにあけくれる聖母系苦労人　　※イラストはデザイン中のものです。

よね。

境田　渡先生の『俺ガイル』を含め弱者からの視点というものにライトノベルの流れも変わっていると思うので、そういったところを開拓できればと思っています。

大橋　まあ、ここのところちょっとウェブ小説が俺TUEEEE系に走りすぎている感じはありますしね。

境田　作品を書く側としてはそうではないものを出していきたいです。強い側からの目線だけでなく弱い側からでも肯定できる作品、キャラクターを描くのが僕の作家としてのテーマです。

＊

●特別賞
高橋祐一『星降る夜は社畜を殴れ』（角川スニーカー文庫）、KADOKAWA、二〇一四年

「社畜」という、一般文芸で書いてしまうとおそらく非常に深刻な小説になってしまう題材を破天荒なコメディー小説として作り上げたところに、ライトノベルでしかできない表現の可能性を感じました。「名ばかり店長」や労働基準法、コンプライアンスといったビジネス書のような内容をネタとして消化できていた点も高評価です。ただ、ライトノベルとしてもあまりに変化球なので、大賞はちょっと……という点でも、満場一致でした。その意味で、著者が別の題材でどういう小説を書くのか、非常に興味があります。本作はすでにシリーズ化していますが、次のシリーズへの期待も込めて特別賞としました。

（大橋崇行）

＊

●特別賞
青葉優一『王手桂香取り！』（電撃文庫）、KADOKAWA、二〇一四年

『艦隊これくしょん――艦これ』（DMM.com／角川ゲームス、二〇一三年）の「艦娘」に『刀剣乱舞』（DMM.com／ニトロプラス、二〇一五年）の「刀剣男子」と、

モノを擬人化したキャラクターが一世を風靡するなか、ライトノベル界にも将棋の駒を擬人化した「駒娘」がいることをご存じでしょうか。本作『王手桂香取り！』では、将棋好きの主人公が彼女たちの助けを借りながら、個性豊かなライバルたちと熱い対局を繰り広げます。美少女ぞろいの「駒娘」がいるからといって安易なキャラ萌えに走らず、あくまで主人公の成長を支える存在と位置づけている点が好印象ですね。結果的に本作は、著者自身の将棋に関する知識と棋力をベースにした、読み応えがある「将棋青春ストーリー」（作品紹介から）に仕上がっています。なお、本作には将棋初心者を意識した専門用語の解説欄が設けられているものの、やはり将棋になじみがない読者は読みにくさを感じる面があるでしょう。対局場面の客観描写が優れている分、この点は素直にもったいないなと思いました。とはいえ、過去に将棋を題材とした作品は数あれど、ライトノベルでの作例があまり見られなかった状況のなか、本作はそのパイオニアとして十分評価に足る力をもっていることは確かです。また、著者の描写力が得意分野である将棋以外で発揮された場合、どのような作品が誕生するのか大変気になるところですね。そうした著者の一層のご活躍を祈念しながら、本作を特別賞に推薦しました。

（山中智省）

ライトノベル・フロントライン大賞最終選考会

選考委員：タニグチリウイチ（書評家）／倉本さおり（ライター）／大橋崇行／山中智省（以上、ライトノベル研究会）

大橋崇行　まず、『ライトノベル・フロントライン』を刊行する背景には、二〇一四年半ばから後半にかけてライトノベルの勢いがない、人気が落ちてきていることがあります。それにつれてライトノベルへの言及が少なくなってきていて、評論や書評というかたちでライトノベルについて言説化していかないと、この先も盛り上がらないのではという危機感があります。そこで、ライトノベルについて活字ベースで言説を展開できる場を作っていきたいというコンセプトで、『ライトノベル・フロントライン』（年二回刊行予定）が誕生しました。また、この『ライトノベル・フロントライン』の刊行に合わせて、ライトノベル・フロントライン大賞を選出することになりました。

山中智省　ライトノベル・フロントライン大賞は、埋もれた作品を再発見していくことはもちろん、新しい傾向を捉えた作品を批評の土台に載せようという狙いから、新人作家を対象にしています。前年に刊行された新人作家のデビュー作をピックアップして、ライトノベル研究会の会員を中心に対象作品をすべて読み、一次・二次選考を経て、三次選考で大賞を決定します。なお、ここでもライトノベルは基本的に十代の読者を対象とした作品群を想定している関係上、二十代以上の読者をメインターゲットとするライト文芸は今回除外しました。選考基準については、売り上げではなくて、研究という立場から作品の質を評価するのがポイントです。

高橋祐一著、霜月えいとイラスト『星降る夜は社畜を殴れ』（角川スニーカー文庫）、KADOKAWA、二〇一四年

倉本さおり　この『星降る夜は社畜を殴れ』の読者層は三十代だと思えるのですが、ライトノベルの読者層はどのあたりにあるんですか？

山中　現在のライトノベルはメインターゲットこそ十代ですが、実際は二十代以上にも読者層が広がっています。この作品なら三十代が読んでいても不思議ではないですね。なお、ネットに書き込まれた感想では、高校生たちが半額弁当をスーパーマーケットで奪い合うアサウラ『ベン・トー』（スーパーダッシュ文庫、二〇〇八―二〇一四年）のようなバトルが面白い、といった文脈で楽しんでいる読者が多いようです。そういう受け取り方をされている作品なのかという感じです。

大橋　私も二次選考の担当者として、「このインパクトが捨てきれなかった」というのが正直なところです。一次選考で三票獲得した作品であり、それだけのものはあるな、と。変わった人たちを取り上げて、そのむ

タニグチリウイチ

ちゃぶりを描いています。違うジャンルで出版されていたら、また違った展開もあったかもしれないと思える作品です。

タニグチリウイチ　読者対象の年代を少し上げて、硬めに書けば、小説すばる新人賞など向きですね。映画にしたら面白いと思います。第二巻、第三巻が期待できる内容です。ただし、リアルな社会が絡んでいる話なので、ネットなどで面白がって書き立てるのは問題ですね。この作品には、裁判の場に立たされた人が登場したり、人が死ぬ話も出てきますが、そこを面白がって読んでいる人がいるというのは、いまという時代を反映しているのでしょう。

倉本　私は飲食店でバイトをしたことがある経験から、名ばかり店長や、「ラーメン屋の店長は客よりも偉いんだ」と思っている人が出てくるくだりは、リアルだと思いました（笑）。

山中　考えるべき問題点はありながらも、ここまで突き抜けた小説をあえて出してきたということはぜひ評価したいですね。ブラック企業、労働基準法といった話題になっている現実の用語をうまく使いながら、エンターテインメントとして気持ちよく読ませてくれる点が、この作品の見どころだと思います。それから、タニグチさんが言われるように、少し手を加えれば別の小説になるほどの筆力がある。本当にリアルな社畜からは少しずれていて、リアルっぽい社畜、ネットで流れるような社畜のイメージですね。作者がどんな人なのかにも興味が湧きます。

タニグチ　これはフィクションにするには、現実を踏まえすぎているという印象です。それでも、かつての氷河期世代には厳しい現実があったし、現在の就職はさらに厳しい。こういう小説が出てくるというのは、これが「俺たちのリアルだ」ということでしょう。

倉本　厳しい現実を題材にしていても、拒否感を覚えなかったのは、もともとはいい人だったのに、十五時間も拘束されて働いた末に社畜化していくことを描いているから。社畜イコール絶対悪ではないという内容で、救われます。

山中　社畜でも楽しそうに思えてしまう。ぜひ三十代に読んでほしい作品です。

アズミ著、すきまイラスト『給食争奪戦』（電撃文庫）、KADOKAWA、二〇一四年

山中　候補の六作品のなかでは、最もライトノベル的でなく、むしろ、児童文学に近いと言えます。学校を舞台に、スクールカースト、いじめ、万引き、といったシリアスな要素を含みながら、淡々と日常要素がつづられていきます。スリリングな場面もありますが、重苦しさは感じさせない青春ものの群像劇に仕上がっている。ただし、突き抜けているキャラクターがいないので、登場人物たちの把握には手間取るかもしれません。表題作のほか、ライトノベル雑誌に掲載していた短篇を一冊にまとめた作品ですが、全体でまとまった話として読めるところが個性的だと感じました。

大橋　ライトノベルで短篇を書くのは、実は難しい。キャラクターを立たせるためのやりとりも入れるとストーリーが手薄になって、長篇の粗筋のようなものになってしまいます。たとえば、電撃大賞の短篇部門でもあまりいい作品には出合わないのは、そういう理由ですね。そのなかで、一話ずつ読み物として読ませるレベルであり、しかも一冊にきれいにまとめ上げることができる作家なんだな、と思いながら読みました。この作品のように、小学生にも読ませたい読み物であれば、学校図書館にも入れてほしいと思うけれど、ライトノベル系を避けようとする学校図書館は多い。ライトノベルは数が多いということもありますが、これなら児童に読ませるのに向いていると評価する基準が固まっていないことも原因です。

倉本　十代の群像劇は児童文学やエンターテインメン

トにも多いので、比べられると弱いという印象はあります。それでも、性格がいい高校生がいじめっ子だった過去をもっている、信頼できない語り手が登場するといった点はうまい仕掛けだと思います。少し気になったのは、学校の先生や元・警察官のおじいさんなど、主人公よりも上位の力によって問題が解決されるパターンが多いことです。これを小学生が読むと、結局、大人が偉いというイメージが刷り込まれてしまうのではないかという危惧は残りました。

山中　むしろ、子ども自身で事件を解決していくような内容がいいということですね。

倉本　それが不完全であっても、自分が解決したほうが面白い。長い物語でも読みたいという気持ちになります。現実問題としては、学校の先生がすべて見守って解決してくれるほど人格者が多いわけではない。大人による解決を絶対的な拠り所としてしまうのはちょっと危険かな、と。

タニグチ　いまという時代は、子ども自身が現実に即して解決していくというものでないと通用しないでしょう。大人が出てきて関われと言われても、関わることで自分が責任を負うことを避けようとする傾向が強い。そんな時代に、この作品は、大人に「ちゃんと出てこいよ」と言っているようで、私は好きです。いじめの問題を取り上げると陰湿な小説になることが多い。この作品のように、子ども自身が解決しようとして、先生もそれに絡んで、さらっと解決していくという流れになっている。現実が悲惨な状況だからこそ、子どもも大人も両方に読ませる作品になるのではと思います。

三国陣著、なかばやし黎イラスト『偽神戦記——首輪姫の戴冠』（集英社スーパーダッシュ文庫）、集英社、二〇一四年

山中　読み終わったあと、「この物語は、いったいどう進むのだろう」という、次の展開が予測できないワクワク感があったことに引かれました。作者は自分の世界観を作ろうとして、複雑な設定を考え、用語も細かく作り込んでいるので、戸惑う部分もありますが、重厚な世界観が真面目に書かれていて、個性が際立っているキャラクターが多い。王道ファンタジーを一冊は入れたいという思いもあって、この作品を挙げておくことにしました。

大橋　いわゆるコンピューターのロールプレイングゲームから意識的に離れようとしている意欲を感じる作品です。しかし、それが足かせになり、そこにとらわれすぎてしまい、設定を作り込んでいくうちに、物語の決着点が見えなくなっていく感じがしました。だから、私としては、評価が難しかったですね。

倉本さおり

タニグチ　国づくりから取り組もうとすると大変ですよ。『ご主人様は山猫姫』（鷹見一幸著、春日歩イラスト、全十三巻、〔電撃文庫〕、KADOKAWA、二〇〇九年―一四年）のように段取りを組んで書き進めていき、相当の巻数を書き込むことで、ようやく国を奪還する。それを、この作品で実現しようとすると、膨大な枚数になります。

倉本　素朴な感想ですが、主人公はすごい力を持った存在でありながら、その力で世界を救うのではなく、全世界を手玉にとって生き残りを図っている。この視点はかなり新しいものなんじゃないかな、と。力を持っている者は何かをやりとげなければいけないという使命感から抜け出せずに、世界を救うというテーマの袋小路に陥ってしまっている現代のファンタジーは、どれも同じで安っぽく見えてしまう。それを尻目に、「そんなのうざったい。オレは生き残るために抜け道を考える」というところを貫いている。結局それは、隠れて逃げ回ることなのだけれど、個人的にはその感性を応援したくなりました。これまでに描かれてきた多くの魔法の世界は、一神教的な要素が強いものになっています。神がいて、使徒がいて、対立する悪があって……。そんな二元論的な世界観を覆してしまう面白さがあります。

タニグチ　でも、それでは世界はどうなるの？と思ってしまう。世界を救うために、この主人公は力を与えられたはずなのに、その主人公が投げ出したら、誰が責任を担うのかと思ってしまうのも事実です。作者も、そこで落としどころに迷ってしまっているように思えます。

大橋　そのあたりがうまく作り込まれたファンタジーは読み応えがあります。

山中　この作品は、とっぴさや飛び抜けてすごいところはないのですが、ネットゲームをベースにしたファンタジーが隆盛の状況に対して、あえて伝統的な王道ファンタジーと銘打って切り込んできた。「復興ファンタジー」と言うこともできますが……。それに挑んだことに対して、私としては金星をつけたいと思いました。しかし、こうして六作品を並べてみると、期待したほどの求心力はないかなと感じます。

大橋　その意味では、設定をしっかり固めてから書けば、もっと化けたかもしれませんね。

倉本　私がイメージするライトノベルの世界では、ダメな主人公が美少女キャラに助けられて動いていくうちに、実は力を持っていたことに気づくというパターンが多かったんですが、これはそうではない。主人公自身は力を持っていると自覚しているのに、環境が許さない。そういう状況に置かれている主人公は、胸にくすぶっているものがあって、ある種の不信感を抱えている。これは私にとっては初めての世界でした。ちょっと屈折型の諸葛孔明というか。この内容ではなく、帰結点が見える話にしてほしいと思います。

タニグチ　でも、第二巻でペチャンコにされますけどね。偉い人が出てきて、甘えは「ダメ！　くすぶってるやつはまだまだだ」と。それもライトノベル的な感じですね。

倉本　この話でなくてもいいかなと思うんです。もっと違う話を作ってもらって、もっと回収しきれる話にしてほしかった。

タニグチ　確かに、朝目覚めたら変化していた、なぜか洞窟にいた、異世界からやってきたと、むちゃくちゃに設定が変化するのは面白いので、設定を作り直して、続篇を出してほしいと思います。

青葉優一著、ヤスイラスト『王手桂香取り！』（電撃文庫）、KADOKAWA、二〇一四年

大橋　将棋を扱っていて、将棋のルールがわかっていることを前提に書かれているため、将棋がわからない人には読みにくい作品かもしれません。本来は、将棋を知らない人でもわかるように書かないといけない内容ですが、そのへんの配慮がやや足りないところはもう少し工夫が必要だったように思います。しかし、現実離れした麻雀がテーマのマンガもあるくらいなので、

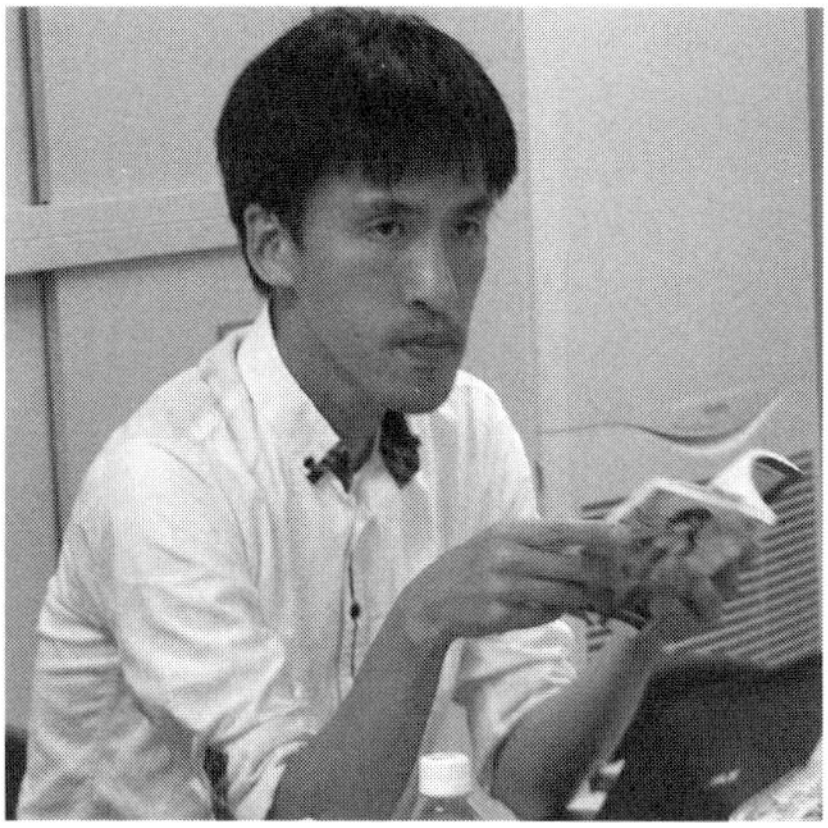

大橋崇行

将棋の世界を描くファンタジーがあってもいいと思いました。この作品の魅力は、将棋の対局場面をよく描き込んでいるところです。登場人物の描き方がこなれていて、その場の緊迫感も伝わってきます。作者はプロ棋士になる力があるのに、あえてアマチュアのままでいるというので、相当な棋力の持ち主でしょう。それでも、勝負にのめり込まずに、ある程度、自分を突き放して書くことができる人です。

山中　私も昔から将棋が好きで、将棋本も大好きでした。つのだじろう『5五の龍』（中公文庫コミック、一九九五年）などを読んで、「なんて将棋って面白いのだろう」と思いましたね。特に、頭脳戦を繰り広げながら、緊迫した空気のなかで主人公が成長していく姿が印象的でした。その後も将棋もののマンガは読みましたが、小説では棋譜や盤面がマンガのように描かれているわけではないですし、対局の雰囲気を文章では表現しづらいだろうなと思いながら、候補作品を読んでいきました。この作品では、将棋の駒を擬人化し、ひとつひとつの駒にキャラクターが設定されています。将棋の勝負の世界と、キャラクターを組み合わせたというのが新しい。また「よくぞあんな手を打ったもの

山中智省

だ」と思える内容があるのも面白い。最後に、主人公がライバルの苦手としていた戦法で勝負を挑む場面がありますがどうやら実際にそのような出来事があったようですので、将棋好きを満足させる内容にもなっています。

タニグチ　棋譜は、章と章の合間にチラッと出したぐらいなので、あえて出さないようにしているのでしょう。

山中　『バカとテストと召喚獣』が章の合間にテスト問題を挿入していた感じで、詰め将棋を入れるという趣向があってもいいのではと思いましたが……。

タニグチ　そうなると物語の流れからずれてしまうでしょう。少年が将棋の駒に教えられて強くなる、勝負に勝ちたいという願いを実現していくという話の流れからすると、そのなかで棋譜を置いて、打ち手を解説する必要はないと思います。

倉本　私は将棋は、初歩的なことしかわかりませんが、宮内悠介さんの『盤上の夜』（東京創元社、二〇一二年）ではすごい打ち手同士が戦っている雰囲気が伝わってきたし、『ヒカルの碁』（ほったゆみ原作、小畑健漫画、梅澤由香里監修、全二十三巻〔ジャンプ・コミックス〕、集英社、一九九九―二〇〇三年）はマンガなのに碁盤はまったく出てこない。だから、この作品を読んだときにも、あまり違和感はなかったんです。むしろ、読み始めたときには、『艦隊これくしょん―艦これ―』とかの女体化の萌え系で振り切ったメディアミックスな作品だと思っていたのが、それもまったくなくて、好感が持てるキャラクターになっていました。一般的に、ライトノベルのキャラクターものは、弱くてダメな主人公が、女体化したきれいな主人公に応援されて何とか強くなっていくというのが決まりごとと言えます。しかし、この作品の主人公はあまり弱くなくて、最初から勝ちたいという気持ちがあるから、何かしら品がある。登場するキャラクターも、性格が悪いおっさんみたいな小学生とか、ライバルの二階堂くんはいいやつ、骨があるというふうに将棋の駒以外の群像キャラもしっかり書けているし、勝負も真面目に描かれている。そのあたりのあんばい、バランスがいいことに好感が持てます。これが女体キャラの萌え萌え小説だったら、反発を感じただろうと思います。

山中　萌えの要素を入れながらも、基本的には、将棋をベースとした青春小説になっています。

タニグチ　これこそ小学校の図書館に入っていい作品ですよね。

大橋　個人的には、ここで棒銀で突っ切るとか、加藤一二三さんのネタを込めるとか、すごい天才が現れるとか、小ネタをはさんでほしかった。昔、「スマッシュ文庫」で、弁論部にいた作家さんに弁論小説を書かせるという企画があった。それも将棋をやってる人に将棋ネタを書かせるのと同じで、この人でないと書けないよねということでしょ。

倉本　とはいえ素人にとっては、小ネタはわからないけれど、この人は将棋好きなんだなというのが伝わってくる。好きだからこそ、将棋を道具にしてないことがちゃんとわかるのがいいです。

タニグチ　この作品はすでに第三巻まで出ていて、このあと、話が続いても、飛車とかは出てこない。常に女王様が引っ張っていって、鍛え直して、強くしていくという設定です。もっとも、主人公の少年が強くなっていくにつれて、桂香さんが少しずつ後退していく。そうして少年が成長していくという物語です。

倉本　私はこの作品を二位にしました。この六冊のなかでは、最も部数が読める作品だと思ったからです。この内容なら営業もしやすいし、ドラマ化・ゲーム化もできるだろう。そういう計算ができるのがこの作品の強みです。

タニグチ　読者の対象世代としてはローティーンでしょう。その世代向けの小説として出せば、反響は大きいと思う。

倉本　女性としても、手に取りやすい。エロと違って萌えは、女の子にもあまり拒否感がありません。読者層を広げるという意味では、この作品は最適だと思います。

大橋　確かに、ライトノベルの読者とかぶらないからいいとは言えない。私も四年ほど前に女子サッカー小説で入賞しなかった経験があり、それは、ライトノベルの読者はサッカーのルールを知らないから興味を持たないという理由でした。二〇一一年になでしこジャパンが優勝する直前でした。なでしこ優勝後は、高橋陽一さんの『サッカー少女楓』（講談社、二〇一一年）などが出版されました。だから、この作品も「電撃文庫」だったから採用したけれど、ほかの出版社の編集部では厳しかったかもしれません。

佐々山プラス著、えびらイラスト『ハコニワフールズ――精霊、火炎放射魔、古い顔』（電撃文庫）、KADOKAWA、二〇一四年

大橋　この作品に書かれているテーマとしては、中・高生が日常的に抱えている閉塞感があります。しかし、周囲を気にしながら自分の気持ちを内に込めるのではなくて、むしろ、打ち破っていきたいというコンセプトがある。それに個性的なキャラクターが多く、感情面の文章表現が目立つことに注目しました。設定や文章のレベルとしては読みづらい感じはあるけれど、中・高生の日常と、それを取り払ったファンタジーな状況との対比という点で、中・高生が読むテーマとしてはいいと思えました。

山中　中二病のイメージに近いところはありますね。

タニグチ　この作品は、まさにファンタジーと言えます。現実のなかで妄想している人間が集まって、いろいろやっていく。限定された空間で、ばかをやるというのが面白い設定になっている。それを面白いと思う人には受けると思います。

大橋　作者はこの作品を書いたときは高等専門学校生で、そこでどういう作品にふれたのかはとても気になりましたね。その後、東京の大学院に進学して、いまはアメリカに留学中とのことです。

倉本　どう説明したらいいだろうと、語る言葉が見つからないような作品でした。これを読んだときに、初めてクドカン（宮藤官九郎）ドラマを見たときの感じに似ていると思いました。状況というか、環境的な閉塞感を抱えている登場人物が、現実に生活しながら非現実的なノリで振り切れている。

タニグチ　『デュラララ!!』（成田良悟著、ヤスダスズヒトイラスト、全十三巻〔電撃文庫〕、KADOKAWA、二〇〇四―一四年）という作品があって、池袋が舞台で、やはり振り切れた人間たちがたくさん出てきて、それがどんどん広がっていく。そういう作品を先に読んでいるので、『ハコニワフールズ』は、狭い世界でとっぴな人間たちがぶつかっているだけで、あまり広がりが感じられない。

倉本　タイトルのハコニワっていうのが、閉塞感につながるキーワードだなと。最初に出てくる女の子が、あくまで「がんばって」髪を青く染めてるところもい い（笑）。だから、この子がいちばんイタイのかというと、あとからもっとイタイ人間が出てくる。小さい世界での変態祭りというか（笑）。ちょうど『木更津キャッツアイ』（TBS系、二〇〇二年）につながる感覚があります。

タニグチ　木更津から出たら成立しない。あのなかだから、どこまでやってもいい。でも、千葉まで行ってしまうと、ちょっと無理、となってしまう。

山中　ただし、この作品は、小説としての書き方、地の文と会話文の関係などが非常に読みにくい。そこを勉強していけば、狭い世界のなかでむちゃをやるという話をうまく作っていける作家になると思います。

倉本　純文学の新人賞にも、こういう作品がたまにきます。舞城王太郎さんの作品を初めて読んだら、こんな感じに近かったかもしれません。舞城さんはライトノベル文体ではないけれど、完全に純文学の世界とも言えない。エンターテインメントでもない。

山中　読んでいって、こういうキャラクターは受け付けない、引いてしまう、という読者もいそうですよ。読者を選ぶ作品です。

タニグチ　引くのではなくて、そういうのもがんばってね、と言えるようならいいが、そこまでこの作品はこなれていない。それに、ファンタジーとかミステリーの要素があれば面白く読めるのですが、そういうプラスアルファがなくて、同じことの繰り返しになっている。

倉本　『ハコニワフールズ』というテーマで、面白い演劇を観たり、脚本を書いたりして、設定や文章を練ったら、もっと面白いものが出てくると思います。

境田吉孝著、植田亮イラスト『夏の終わりとリセット彼女』（ガガガ文庫）、小学館、二〇一四年

大橋　記憶喪失でリセットされるという典型的と言えるような話だけれど、そこを裏切ってくれる作品です。小説の作り方として「うまいよね」と感じました。

倉本　彼女がリセットされて白紙に戻ると、彼は嫌われていると思うのだけれど、実はそうじゃなかったという話と、電話の話に隠されているコミュニケーション論という二本構えでできている。まったく恋愛論などではなくて、徹頭徹尾コミュニケーション論なのに、ちゃんとライトノベルの雛型にはめ込んでいて、それが無理なく拮抗している。

大橋　そこが読者にとっていちばん気になるところのひとつだろうなというのがずっとあって。あとは、コミュニケーションで言うと、さっき出たスクールカーストのような、いわゆる学級のなかでいかにコミュニケーションをとるかが問題で、恋愛が実るかどうかよりも、その間にどういう人間関係を構築するか、その駆け引きがドラマになる。

倉本　気になる点といえば、先生とのやりとりもそう。二パターンの先生が登場して、一人の先生は自分をペット扱いしていて、もう一方の担任の先生は子ども扱いしてくれないが、その先生との対峙も重要な要素になっている。

タニグチ　男の子の心理がよく描かれている。彼女を本当に好きだったのか、好きではなかったのかが最後までわからない。結局は逃げていたのだけれど、最後はとどめを刺されて気づく。そこで、これは男の子の小説だなと感じるわけです。

倉本　草食男子ではないが、「彼女イコール怖いこと」と定義してしまっている。最初に彼女と教室で二人っきりにされるシーンなども、すごくいいです。最近、「恋愛が怖い男子」が話題になっているけれど、それをリアルに描いている小説かもしれません。

山中　そういえば、二次選考で本作を読んだ一柳廣孝のコメントに「ツンデレこじらせ青春系」というのがあって、「自意識のもだもだと他者意識のズレの描写が秀逸」だと述べていました。

倉本　「自分を傷つける他人を肯定する言葉」が、イコール「友情」や「親愛」という表現にあてはめられる、といったくだりとか、心に残るテキストが多い。一般的に、ライトノベルは内容が軽くてスカスカというイメージがありますが、これだけひとつひとつの言葉が心に残るということは、小説としてのレベルが高いのだと思います。

大橋　それだけのネタをこの一冊に収めることを、よくできたなと思います。ちなみに、これは、男性作家の作品なんです。作家名がなかったら、女性作家だと思うかもしれません。

タニグチ　この作者が書いた三人称の小説を読んでみたいと思います。この作品は一人称で書かれているけれど、この人が三人称で書いたらどんな小説になるかが気になる。

倉本　ベタボメの状態になってしまったので、最後に少しは注文を出しておきたいと思いますが、先生の一人語りが長いのが気になりました。こんなにつまびらかな言葉を先生に言わせておいてはいけない。

タニグチ　作者としては、それだけ盛り上げたかったのだと思います。後半盛り上げなければという使命感がはたらいて、長台詞が入ってきたという感じでしょう。

倉本　主人公はこの先生を恐れていて、対峙しなければならないから、むしろ短い言葉のほうが響いたのではないかと思いました。それに、職員室でカップラーメンをすすっていたり、主人公を馴れ馴れしく茶化すような、この先生の飄々としたキャラが魅力的だなと思っていたので、最後のシーンは違和感があるかな、と。

山中　そろそろ結論を出す時間ですが、みなさんが一位に推されていますし、『夏の終わりとリセット彼女』を全会一致で大賞とすることに決定します。

（実施：二〇一五年八月十六日　場所：青弓社）

＊ライトノベル・フロントライン大賞の最終候補作品を選考する際に上がった作品のレビューを紹介する。以下、作品の刊行順に列挙する。

奇水著、bun150イラスト『非公認魔法少女戦線——ほのかクリティカル』電撃文庫、二〇一四年

「非公認魔法少女」とは、魔法少女としての役割を終えたあとも、何らかの理由で戦い続けている少女たちである。琢磨の彼女、美守ほのかは、現役引退後も傭兵として活躍し、かねてから伝説と謳われた非公認魔法少女「クリティカルほのか」だった。ある日、かつてサポートパートナーだったミケルが現れ、魔法界が闇に堕ちたことを知らされる。ほのかは妹や琢磨との平穏な日常生活を守るため、悪の側に取り込まれた〈星〉の魔法界の女王と戦うことを決意する。いわゆるメタ魔法少女小説。「魔法少女」物語の文法を小説世界の前提にしながら、その文法によって生じる世界のあり方に疑問を投げかけてみせる。善と悪に分かれた魔法少女たちのバトルシーンは、なかなかに熱い。「わたしの弾丸は貴女を貫く」というほのかのセリフは、確実に読者をも貫くだろう。なお、シリーズは全三巻で完結した。

（一柳廣孝）

虎走かける著、しずまよしのりイラスト『ゼロから始める魔法の書』電撃文庫、二〇一四年

舞台は「魔女」がいて「魔術」もあるが、「魔法」は知られていない世界。人々から「獣堕ち」と呼ばれさげすまれていた半獣半人の傭兵の下に、突如として飛び込んできた絶世の美女ゼロは、魔術行使に必須である複雑な魔法陣と呪文詠唱が一切不要となる「魔法」を生み出した天才魔女だった。使い方を誤れば世界を滅ぼす魔法書『ゼロの書』を盗まれた彼女は、獣

堕ちの傭兵とともに、魔法書奪還を目指して旅立つ。王道的な「剣と魔法のファンタジー」を感じさせるストーリーに加え、個性と愛嬌があるキャラクターたちの存在が作品の大きな魅力と言えるだろう。ややご都合主義的な展開が含まれていて、王道的なストーリーもあっさりしすぎているように思えるが、多数の伏線をきっちり回収し尽した構成力は高く評価したい。ただ、せっかくキャラクターが魅力的なので、それぞれの個性を深める寄り道的エピソードがもっとほしかった。

（山口直彦）

真坂マサル著、生煮えイラスト『水木しげ子さんと結ばれました』電撃文庫、二〇一四年

熱烈な恋愛関係を描く作品の定番アイテムである「運命の赤い糸」。文字どおり運命で結ばれた相手との絆を象徴する存在に対し、夢や憧れを持ったという読者は多いことだろう。しかし、仮にそれが恋愛ではなく死の運命を表すものだったなら、おそらく真逆の印象を抱くにちがいない。『水木しげ子さんと結ばれました』で描かれるのは、まさにそんな「赤い糸」で結ばれてしまった水木しげ子さんと楠見朝生を中心に巻き起こる数奇な事件の数々である。本作の「赤い糸」は殺し合う相手同士が結ぶ「呪われた糸」という意味合いがあり、主人公である楠見はその「呪い」に翻弄されながらも、水木しげ子さんとともに死の運命に抗っていく。エキセントリックなキャラクターと「赤い糸」の独自設定によって構築された物語世界は本作の大きな魅力であり、クセの強い語りや説明不足を感じさせる部分も見受けられはするのだが、それを補うに足る力を秘めた一作と言える。

（山中智省）

木崎ちあき著、かるイラスト『狩兎町ハロウィンナイト――陽気な吸血鬼と機械仕掛けの怪物』ビーズログ文庫、二〇一四年

狩兎町の高校生、陽太はある晩、吸血鬼に襲われたところを、青い瞳のイケメン吸血鬼ブラッドに救われる。育ての親である叔父・叔母をも襲われてしまい行き場をなくした陽太は、ブラッドのもとで勉強・修行し、悪の吸血鬼と戦うための力をつけていく。少女フランケンとの出会いもあり、自らの出自や家族に対して不信感を持っていた陽太は心身ともに少しずつ成長していく。ブラッドと陽太のやりとりはまるで父と子、教師と生徒のようである。ブラッドはときに厳しく、ときに優しく陽太に生き方を教えていく。この二人のやりとりはとても丁寧に描かれていて魅力的。作品後半部でのブラッドの普段は見せない弱さを描く場面は作品に奥行きを与えている。能力の高い存在に導かれながら少年が成長するという展開は成長物語の王道ではある。しかし、それをイケメンヴァンパイアと少年という設定のもとに展開した巧妙さと、陽太の成長を丁寧に描いたという安定感は評価したい。（大島丈志）

疎陀陽著、ゆーげんイラスト『フレイム王国興亡記1』オーバーラップ文庫、二〇一四年

二十六歳の銀行マン松代浩太が、突然異世界のフレイム王国に召喚された。浩太を偶然召喚してしまった十六歳の女王エリザベートは返す術を知らず、浩太を異母姉エリカに預ける。エリカの領地テラの困窮を見かねた浩太は、剣も魔法も使わずに金融業の方法で地域を改革、テラに利益をもたらしていく。ラノベ版の『半沢直樹』（TBS系、二〇一三年）であり、『リーガルハイ』（フジテレビ系、二〇一三年）。経済のイロハを周囲に教えながら、エリカを支えるためあえて「魔王」のように振る舞う浩太の心意気やよし。彼を取り巻く王国の女性たちもみな、真面目な努力家で好感が持てる。幅広い年齢層で楽しめ、女性にもお勧めできるライトノベルである。唯一ひっかかるのはテラの農民たちがやや類型的な弱者であること。もう少ししたたかな生活者を描けば、作品の厚みが増すだろうから期待したい。二〇一五年八月までにすでに四巻が刊行され、王国の経済活動はますます活況を呈している。『このライトノベルがすごい！二〇一五』（『このライトノベルがすごい！』編集部編、宝島社、二〇一五年）で総合ランキング三十九位に食い込んでいる。

（久米依子）

雨澄碧著、桜沢いづみイラスト『戦塵の魔弾少女《バレット・ガールズ》——魔法強化兵部隊戦争記』このライトノベルがすごい！文庫、二〇一四年

独裁国家の内戦によって居場所をなくした戦災孤児たちはとある施設に保護される。そこは軍によって洗脳と身体強化が施され、人知を超えた能力を持つ〝魔法強化兵〟を生み出す強制収容施設だった。少女たちは独裁者の尖兵として戦場に送られる。奪われた自由。奪われた心。正義なき戦争の果てに待つのは……。近年のライトノベルの傾向からすると、少女たちが洗脳され独裁国家の尖兵となって人を殺していくという設定がそもそも重い。しかし、その設定に負けないほど戦闘描写はしっかりしており、また戦場に駆り出される少女たちの心情が丁寧に描かれている。魔法強化兵の計画を立てた軍人や何も知らず少女たちを保護した児童施設の職員など、少女たち以外の登場人物もこまやかに描かれていて、少女たちの狭い世界観でなく、広がりをもった世界観を提示できている点は高く評価したい。

（山川知玄）

境田吉孝著、植田亮イラスト『夏の終わりとリセット彼女』ガガガ文庫、二〇一四年

完璧系女子、桜間友里が、身分不相応にも僕の「彼女」だった。夏休みまで。しかし彼女は交通事故で、記憶を失った。僕のことも、きれいさっぱり忘れていた。それどころか、「あなたは、私が一番嫌いなタイプの人間だと思います」と断言されるほど、嫌われてしまった。……高校時代の、クラス内での微妙な人間関係の力学。友情を保つためには休むことなく泳ぎ続けなければならないと思い詰め、いつも人の目が気になって、つらくなると仮病を理由に保健室のベッドで横になる。自分でも持て余しぎみな空回りする自意識や、他者が自分に向ける眼差しと自己認識のズレが丁寧に描かれていて、ツンデレな彼女と気弱で内省的な「僕」との距離が少しずつ近づいていく様が心地よい。堅牢な鎧をまとっていた「僕」が、気がつけばいろんな人たちと素手の殴り合い（比喩です）。人はいつでも誰かを求めてる。誰かとともにあることの、愛しさと切なさを感じさせてくれる作品。

（一柳）

市瀬まゆ著、明咲トウルイラスト『覇王の娘』ルルル文庫、二〇一四年

第八回小学館ライトノベル大賞ルルル文庫部門優秀賞と読者賞をダブル受賞した作者のデビュー作。大燕王の娘である琳玲は兵法書や歴史書を読む、少し変わった少女。人語を介する犬を連れて武将である巴煬のもとに嫁ぐことになり、二人は微妙な関係を保ちながら、新婚生活を始める。前半はひと昔前の少女小説的ファンタジーという雰囲気。読み進めるにつれてイケメンが次々と現れ、乙女ゲームの様相を呈し始める。その意味で、現代的なオトメ系ラノベと、コバルト文庫系ファンタジーとを器用に融合したものだと言える。それぞれの要素は非常に無難で安定感があり、小さくまとまってしまったところはややもったいない印象もあるのだが、双方をバランスよく取り合わせたところに著者の力量が感じられる。鬼ロマ好きにはおすすめの一冊。

（大橋崇行）

水沢史絵著、しらびイラスト『神楽坂G7――崖っぷちカフェ救出作戦会議』集英社スーパーダッシュ文庫、二〇一四年

主人公である小森英介は、七年ぶりに故郷である神楽坂に帰る。あこがれの四つ上のお姉さん浅野真弥と再会するため、真弥が経営するカフェ・GREENに向かう。ところが、真弥の身に、浅野家代々に起こる〝驚異の第二次性徴〟によって恐ろしい変化が……。その変化の影響でカフェは閉店の危機にさらされていて、英介は幼なじみたちとカフェ・GREENの再興に立ち上がる。『ハートキャッチプリキュア！』（テレビ朝日系、二〇一〇年）のキュアマリン役で有名な人

気声優が書いた作品だが、演じたときに少しでもキャラがかぶらないように意識して登場人物を作ったということ以外は、声優という部分を感じさせることはなく、話題作りと色メガネで見る必要はないようだ。浅野家の〝驚異の第二次性徴〟の設定がとがっているが、その設定がストーリーによく生かされていて、構成はよくまとまっている。カフェを幼なじみたちと再興させるというストーリーは日常系と言っていいだろう。ライトノベルによく見られるような露骨なキャラクター作りもなく、男女ともに非常に読みやすい作品である。

（山川）

くさかべかさく著、Anmiイラスト『クズが聖剣拾った結果』電撃文庫、二〇一四年

高校二年生の茢羽未知は、教師の不条理な言いがかりのせいで中学入学以来続けていた陸上部をやめてしまう。そんな彼が、ふとした偶然から、剣道の防具をつけて人体模型と闘う同級生来栖麻央を目撃する。未知は、自称勇者である麻央の奇妙な言動に振り回され、しかも彼女が聖剣を拾った結果、冒険に巻き込まれてしまう。評価は分かれるだろうが、この作品の魅力のひとつは麻央と未知のかみ合わないやりとりにある。ヒロインの筋が通らない発言に語り手である男性主人公がつっこむという図式は見慣れたものだが、麻央の場合、眼前に実在する異世界や恋人候補を、わざわざ自分の妄想世界や漫才の相方におとしめてしまう。そんな彼女の、素直でない、真摯でない、扱いにくいところにある種のリアリティーが感じ取れるように思える。今後、物語や設定、人物造形の類型に過度に頼ることなく物語の幅を広げられれば面白いのではないか。

（井上乃武）

羊太郎著、三嶋くろねイラスト『ロクでなし魔術講師と禁忌教典《アカシックレコード》』富士見ファンタジア文庫、二〇一四年

師匠の求めで魔術学院の非常勤講師となったグレン＝レーダスは、普段からやる気がない授業をして生徒たちの不評を買っていた。痺れを切らした優等生のヒロインに決闘まで申し込まれ、あっけなく敗北するも我関せずの態度を貫くグレン。結局は身分不相応だと退職を考えるが、ある出来事を機に授業でやる気を出したところ、誰もが驚く真の実力が明らかになっていく……。特筆すべき能力を悟らせないままヒロインの教師や教官を務める主人公と言えば、同レーベルの先行作品である『空戦魔導士候補生の教官』（諸星悠著、甘味みきひろイラスト、富士見ファンタジア文庫、二〇一三年）を思い出す。とはいえ主人公にはそれぞれの極立った個性があり、本作のグレンはその破天荒な性格や行動、武闘派より理論派を思わせる魔術理論の理解力などが特徴的である。これらは「魔術講師」という設定を通して遺憾なく発揮され、特に第三章で展開するグレンの授業シーンは見事のひと言。不覚にも、「考えること」の大切さを再認識させられた。新規性こそ多くはないが、安易な俺TUEEEE系にならず、グレンという一教師の成長物語を描こうとしている点がいい。（山中）

ミズノアユム著、カスカベアキライラスト『死線世界の追放者《リジェクター》』富士見ファンタジア文庫、二〇一四年

十年前に英雄によって滅ぼされたはずの《破戒王》直属の四天王の一人、《紅蓮》のウルズナは平和な時代に復活を遂げる。いまやエストラント女王となった英雄ティーセリアに復讐すべく、復活の瞬間に立ち会った少女シアリーとともに圧倒的な破壊力を駆使して王都を目指す。しかし、シアリーには重大な秘密があった。霊的な力である「死線」に始まり、「知名度」の上昇が「英雄転化」につながるなど、独自の設定が物語の舞台に矛盾なく存在している。世界観がよく作り込まれている点を存分に味わうことができる作品。登場人物たちのやりとりでは、ウルズナとシアリーのかけあいが絶妙である。シアリーと過ごす時間のなかで少しずつ変化を遂げるウルズナの心情の描写がとても魅力的な作品。また次第に解き明かされるシアリーの秘密も読者を引き付けていくだろう。これだけのよく作り込まれた世界観と登場人物像がある作品、ぜひとも続篇を読んでみたい。（大島）

赤石赫々著、bun150イラスト『武に身を捧げて百と余年。エルフでやり直す武者修行』富士見ファンタジア文庫、二〇一四年

武道と魔法のファンタジー世界で、百歳を経た武道の達人の老人が、エルフの少年スラヴァの身体に転生。スラヴァは学校に通いながら、武術のさらなる向上を目指して修行にいそしむ。異界での転生、〈俺最強〉、学園内外でのハーレム的美女たちとの出会い、といった道具立てに新しさはないが、百歳を経た老爺の精神と武術が少年の心身に宿る、という設定が新趣向。外見は少年でありながら、内心では渋い一人称「私」を使い、じじむさい思考を続けるスラヴァのギャップが

おかしい。前世で養女にした娘が立派な武術家となっているのを見守ったり、友人だった老人チェスターと拳を合わせて友情を確認するなど、転生者ならではのエピソードも楽しく読める。食事をおいしそうに描く筆力もある。ただし最後に出かける武者修行に、チェスターの大切な孫娘を伴うというのはやや強引。すでに五巻が出ていて、今後の〈修行〉の顛末が期待される。（久米）

旭蓑雄著、おぐちイラスト『レターズ／ヴァニシング——書き忘れられた存在』電撃文庫、二〇一四年

「世界言語」と呼ばれる言葉によって、あらゆる事物がプログラムのように記述された世界で、「世界言語」を直接認識し書き換える能力を持つ少女・語羅部《かたらべ》鵬珠。封印されていたその能力が解放された途端、彼女は無邪気で残酷な殺人鬼と化す……。電撃文庫では珍しいSFミステリーホラーなのだが、作品が醸し出す雰囲気は、むしろ西尾維新をはじめとするメフィスト系の作品に近い。また「言語」をテーマに掲げながら、哲学・情報学などの学術用語を巧みに援用して作中に登場させている点も、非常に印象的である。全体の世界観は相当練られているのだが、惜しいのは、その複雑さのための謎解きに向かう作品後半部がやや説明過多になってしまった点だろうか。とはいえ「追う者」「追われる者」「糸を引く者」という三つの立場に分かれた登場人物が、バラバラに行動しているところから徐々に徐々に交錯し、ラストに向かって一点に集約していくストーリー構成は見事のひと言。（山口）

吉野茉莉著、いたちイラスト『藤元杏はご機嫌ななめ——彼女のための幽霊』MF文庫J、二〇一四年

主人公を務める藤元杏と城山口優斗（ポチ）の二人のセリフ回しと、微妙かつ絶妙な距離感が胸をしめつける、まさに「甘キュンミステリ」の名に恥じない作品。「シロと呼ぶには少々慣れ慣れしい。かといって、苗字で呼ぶのはよそよそしい」ポチを、杏は高校の「生徒会執行部」に一緒に入部するために連行。すると執行部が管理する意見箱に入っていた「幽霊騒ぎ」について、調査と報告書の作成を依頼される。はたして、幽霊の正体とは……。「ライトノベルっぽい展開」とポチがぼやくように、表面だけをなぞるなら、いままでのライトノベルによくある設定だ。だが、重要なのは杏もポチも、起こる事件でさえも「普通」なことだ。あまりにも「普通」な世界、だからこそ彼女や彼の物語は特別になるのだろう。いわば「普通」な彼女たちが創り上げる「特別」なガール・ミーツ・ボーイ、それがこの「物語」である……まともに読むのであれば。この小説には嘘つきが多すぎるのだ。

（犬亦保明）

夢澤章著、ちこたむイラスト『幻惑のディバインドール——Eye Knows Heaven』電撃文庫、二〇一四年

「奇跡の砂」と呼ばれる素材で造られた人形「ドール」。人間界で欲望のままに殺戮を繰り返すドール・

ラシカと、彼を捕まえるために天界から派遣されたドール・シュマ。主人公の高校生・峰城世水は、シュマとの出会いによって、ドールたちの戦いのなかへ巻き込まれていく……幻想的な世界とあいまった、相互に思弁的な会話劇、文章力に秀でた「読ませる」地の文など、ダークファンタジーの世界に読者を引き込む仕掛けが十分になされている。ラシカとシュマ、二人のドールの対称的な人物像も本作の大きな魅力だ。ジャンルとしては「ダークファンタジー」で押してはいるものの、結末がやや美少女としてのシュマを推したラブコメチックになった点は是か非か。構成力と文章力は新人離れしていて、今後が楽しみな作家である。

（杉本未来）

氷高悠著、菊池政治イラスト『今すぐ辞めたいアルスマギカ』富士見ファンタジア文庫、二〇一四年

主人公の有江田ほのりは、小学生で魔法少女になってからなんと勤続九年目。とっくに辞めたいと思っているのに後任が決まらないから辞められないという何とも気の毒な状況にある。傑作なのは、小学生の頃に考えた黒歴史的なコスチュームや名前を規則だからと変えさせない、お役所仕事な世界の守護者選別機関、魔法連盟《アルスマギカ》だ。おかげでほのりはチャームサーモンという恥ずかしくて死にそうな名前で戦い続けている。その姿は魔法少女というよりも世知辛い末端社員のようである。女子高生、しかも魔法少女でありながら、ほのりは酒場でぐちでも言ってそうなほどやさぐれている。メタ的な視点を盛り込んだ魔法少女ものは数あれど、なおそうきたかと喝采を送らずにはいられない。全体的に心底楽しんでもらおうという想いが伝わってきて快く、また、辞めたいのに仕事を投げ出せない主人公の生真面目さをきちんとストーリーに落とし込んでいる点も好感が持てる。肩の力を抜いて安心して楽

しめる作品だ。

（松永寛和）

乙川れい著、増田メグミイラスト『かけもち女官の花◯修行』ビーズログ文庫、二〇一四年

「神懸かり」と呼ばれる異能を持つ画家の活躍によって建国されたユグドリス国には、王位継承権を持つ者は専属の画家「花冠画家」を随行する習わしがあった。美形好きで画家志望の女官アルマは、美形の「幽霊王子」ハンスとの出会いをきっかけに、二百年ぶりに現れた「神懸かり」の花冠画家として、宮廷を舞台とした事件に巻き込まれていく。陰謀渦巻く宮廷をめぐるサスペンスにして、「神懸かり」という異能の力を持つアルマを名探偵役とする「絵で犯人を割り出す」ミステリーとしての骨格を持ちながらも、本作の魅力は、美形に目がなく、謝るときは「東方に伝わる『ドゲーザ』」を駆使するヒロイン、アルマを筆頭とした、キャラが濃い、変人度やや高めの登場人物たちが織りなすかけ合いが楽しい、ラブコメディーとしての面だろう。多彩な魅力を、変わってるけど元気で魅力的なヒロインが引っぱっていく、巧みな、ジャンル「かけもち」小説だ。

（樋口康一郎）

はまだ語録著、しゅがすくイラスト『着ぐるみ最強魔術士の隠遁生活』このライトノベルがすごい！文庫、二〇一四年

「むやみに強い主人公」という近年流行の設定を一度

ひねって、主人公が等身大のクマの着ぐるみのなかに自らを封印して隠遁生活を送っているという屈折が効いている。主人公に不信感を抱いている生意気な姉妹を登場させて物語の軸とし、彼女たちが着ぐるみとの共同生活を通して不信を克服し、むしろ主人公への信頼の獲得へと転じる成長物語が展開していて、心地よい読後感を与えてくれる。主人公が隠遁生活を送っている理由が明らかになるにつれ、それをめぐる大人たちの鬱屈した感情や確執が露わになっていくという点もうまい。もっとも、強すぎる魔力を暴走させてしまった過去があり、周囲から恐怖の目を向けられ疎まれて隠遁したというわりには、主人公に屈託がない。言葉では鬱屈した心情が語られてはいるが、やっていることは全て前向き。ライトノベルっぽくはあるのだが、そこは物足りなかった。

（太田睦）

東堂燦著、四位広猫イラスト『薔薇に雨――孤高の王子に捧げる初恋』コバルト文庫、二〇一四年

オアシス都市クトゥブにある学院の生徒であるファラは、首席でありながら、体のなかにたくわえた精霊の祝福を具現化する彩霊術が使えないばかりに落第の危機にさらされる。同じく学院に通う王国の第九王子サーリヤが彼女の指導を買って出るが、彼女の周りで思わぬ異変が……。ミステリー仕立ての物語とそのなかで揺れ動くファラの気持ちが、「作者」の思い入れや高揚感などと癒着せずに描かれていて、安心して読むことができる。また、「物語」がきちんと作り上げられているので、個人とそれを超える存在が織りなす立体的な作品世界を想像する余地も生じている。ひとつ気になったのは、物語の舞台となる場所への意識がストーリー上の要請の範囲内にとどまっているように思えること。ある種の様式かもしれないが、たとえば「砂漠の国」のイメージがもう少し豊かなら、この国に暮らす人にとって精霊が持つ意味もよりリアルになっただろう。（井上）

サカモト666著、MtUイラスト『HP1からはじめる異世界無双1』富士見ファンタジア文庫、二〇一四年

思わぬ交通事故で死んでしまった主人公・斎藤勇気が転生したのは、見知らぬ異世界だった。あらゆるパラメーターが一しかないまま異世界での冒険を始める勇気。本人は気づかないが、実は彼のパラメーターの単位は一那由多（十の六十乗を表す単位）だった……とにかくパラメーターが一那由多であるという文字どおり桁違いの勇気の強さと、それを知らないまま振りかざす勇気、そんな彼に次々と敗れて改心していく魔王らヒロインと、スピード感あふれる物語になっている。また、ハーレムしか頭にないながら、つい誰にでもいいことを言ってしまう勇気と、それを勘違いしたまま進む会話劇も面白い。ウェブ小説の特徴か、お世辞にもうまいとは言えない地の文より会話劇に力点が置かれているが、キャラクターの魅力と破天荒なまでの勢いを押し出した結果だろうか。（杉本）

＊ここ数年、三カ月ごとに四、五本というペースでテレビ放映されているライトノベルのアニメ化作品。このコーナーでは二〇一三年から一四年に放映された作品を対象に、当研究会のメンバーが推薦したもののなかから、さらにレビュアーを務めた杉本未来の独断と偏見で選抜した数本を取り上げ、その見どころを紹介したい。以下、アニメ化作品の放映順に列挙する。

『ロウきゅーぶ！』『ロウきゅーぶ！SS』（放映期間：二〇一一年七―九月、一三年七―九月、監督：草川啓造（一期）・柳伸晃（二期）、制作：Project No.9／Studio Blanc.・Project No.9、原作：蒼山サグ著、てぃんくるイラスト『ロウきゅーぶ！』電撃文庫、二〇〇九年）

『ロウきゅーぶ！』『ロウきゅーぶ！SS』

所属する高校のバスケットボール部が休部となり、憂鬱な日々を送っていた主人公の長谷川昴。そんな状態の彼に叔母が与えた依頼は、私立学校の女子小学生ミニバスチームでコーチをしてほしいというものだった。「まったく、小学生は最高だぜ！」という主人公の名（迷？）台詞を世に知らしめた女子小学生バスケットボールアニメ。一発ネタを狙ったキワモノと思われそうだが、内容は見かけに反した熱血スポコンである。そして、やはりスポーツものであるからには女子小学生たちが動いてナンボ。ブルマー姿でコートを駆け巡る彼女たちの勇姿は躍動感とスピード感にあふれ、小学生らしいピュアな一生懸命さが画面から伝わってくる映像は期待以上の出来だ。なお、主人公が放った先の台詞は原作では「まったく、小学生って最高だな」という淡々としたものだったが、アニメ化の際、昴役の声優を務める梶裕貴のソウルフルな叫びを伴う内容に変更された。その点では、まさにアニメ化が新

アニメ化作品紹介

たな作品の魅力を生んだ好例と言える。

『ソードアート・オンライン』『ソードアート・オンラインⅡ』

『ソードアート・オンライン』『ソードアート・オンラインⅡ』（放映期間：二〇一二年七―十二月、一四年七―十二月、監督：伊藤智彦、制作：A-1 Pictures、原作：川原礫著、abecイラスト『ソードアート・オンライン』電撃文庫、二〇〇九年）

主人公である桐ヶ谷和人（キリト）がプレイし始めたオンラインゲーム「ソードアート・オンライン」。それはゲーム世界での死が現実の死と直結する、リタイア不能の「デスゲーム」だった……。電撃文庫が誇る看板ライトノベルのアニメ化はみんなが待ち望んでいたが、問題はその期待に応えるクオリティーを担保可能か否かだったろう。しかし放映開始後はそんな不安は杞憂だったとわかり、むしろ視聴者の期待を超えた出来に歓喜の声さえ聞かれたほどだ。たとえばダンジョンの奥行きや距離感の表現がデスゲームの緊張感をもたらす一方、苦戦しながら次々と強敵を打ち倒すキリトの姿を引き立たせたことで、爽快感と憧れを抱いた視聴者も多いだろう。もちろんメインヒロインのアスナやサブキャラクターたちの活躍も見逃せない。またキリトを演じた声優の松岡禎丞は本作が出世作となり、ライトノベルのアニメ化作品では主人公に抜擢される機会が増えていった。これはメディアミックスに大きな影響力を持つアニメだからこその現象かもしれない。

『人生相談テレビアニメーション「人生」』（放映期間：二〇一四年七―九月、監督：川口敬一郎、制作：feel.、原作：川岸殴魚著、ななせめるちイラスト『人生』ガガガ文庫、二〇一二年）

学園の「第二新聞部」に入部した主人公の赤松勇樹と、彼を取り巻く理系・文系・体育会系・美術系の美少女たちが、全校生徒から寄せられた人生相談に答えていくというストーリー。アニメとしてはいささか地味な題材では？と思わせて、実際は第一話から水風船を投げ合う濡れ透けありのサービスカットが詰め込まれるなど、さまざまなシーンや演出が脈絡なく挿入されていくドタバタコメディーアニメとなった。人生相談に対する回答コーナーを含めて全体的にシュール系のギャグ色が強く、日常系アニメに見せかけたネタ重視路線に走る話も多い。しかし、最も視聴者をつかんで離さない要因はヒロインたちの絶妙なキャラクター配置と役割分担であり、回答コーナーで発揮される各キャラクターの個性が大きな魅力と言える。なお、当初の筆者お気に入りヒロインは体育会系の鈴木いくみだったのだが、アニメでは文系の九条ふみが繰り出す歴史ネタに笑わされる機会が多かったように思う。ぜひとも自分の学歴や進路と合わせながら観てほしい一本。

『人生相談テレビアニメーション「人生」』

『甘城ブリリアントパーク』（放映期間：二〇一四年十―十二月、監督：武本康弘、制作：京都アニメーション、原作：賀東招二著、なかじまゆかイラスト『甘城ブリリアントパーク』富士見ファンタジア文庫、二〇一三年）

頭脳も体力もルックスも高スペックなのに、ナルシストで友達もいない可児江西也。ある日の放課後、彼

『甘城ブリリアントパーク』

が通う高校のクラスに転校してきた美少女から突然マスケット銃を突き付けられ「遊園地に行きましょう」と誘われる。美少女の名は千斗いすず。実はいすずは廃園寸前の遊園地「甘城ブリリアントパーク」のキャストであり、西也はいすずと総支配人からパークの再建を依頼されたのだが……。賀東招二原作のライトノベルが満を持してアニメ化。制作は京都アニメーション。原作のシチュエーションを取り入れる一方、パークの買収阻止に必要な集客数や期間などはアニメ独自の設定が用意された。多少の違和感もあったが、いわゆる「京アニクオリティー」で描く背景の美麗さと魅力的なマスコットたちの活躍は、見ていてブレない楽しさを提供してくれた。筆者推薦のエピソードは番外篇である第十三話。パークのPVを作り直す原作のエピソードを踏襲しながら、本当にPV制作をおこない映像まで見せるという、アニメならではの印象深い一話である。

『俺、ツインテールになります。』

『俺、ツインテールになります。』（放映期間：二〇一四年十—十二月、監督：神戸洋行、制作：プロダクションアイムズ、原作：水沢夢著、春日歩イラスト『俺、ツインテールになります。』ガガガ文庫、二〇一二年）

ツインテールをこよなく愛する高校生・観束総二は、異世界からやってきたという謎の美少女トゥアールと出会う。彼女との出会いをきっかけに、総二はツインテールが生み出す精神エネルギー「属性力」で起動する装甲「テイルギア」を身にまとう美少女戦士となり、地球を狙う異世界人エレメリアンと戦うことになった。トランスセクシュアルの要素によってヒーロー／ヒロインものの魅力を併せ持つ一本。なおアニメ化に際しては、起用した声優の豪華さもさることながら、むしろその贅沢な使い方が話題を呼んだ。総二が変身する美少女戦士「テイルレッド」を務めた上坂すみれを筆頭に、敵側には名だたるベテラン男性声優たちが目白押し。ついには総二のツインテール自体が池田秀一の声で語りかけてくるという、声優ファン悶絶のシーンまで用意されたのである。放映中に作画のクオリティーが著しく低下した回が見られたのは残念だったが、最終回はクオリティーが向上し、筆者をはじめ多くの視聴者が安堵したのは記憶に新しい。

『狼と香辛料』

＊巻にあふれるライトノベルのコミカライズ作品。このコーナーでは数ある作品のなかから必読の注目作品を紹介する。マンガ版から読むもよし。原作と比べるもよし。メディアミックスで広がる物語の世界をぜひ体感してほしい。以下、コミカライズ作品（第一作目）の刊行順に列挙する。

小梅けいと作画『狼と香辛料』電撃コミックス、二〇〇八年
（原作：支倉凍砂著、文倉十イラスト『狼と香辛料』電撃文庫、二〇〇六年）

麦の取り引きのためパスロエの村を訪れた若き行商人ロレンスの荷馬車に、立派なしっぽと狼の耳を持つ少女ホロが潜り込んできた。その正体は村の伝承に残る大きな狼の化身だという。賢狼を自称しながらもわがまま放題なホロを伴い、彼女の故郷を目指す旅を続けるロレンス。中世ヨーロッパ風の世界を舞台に、数々の苦難を乗り越えながら互いに引かれあっていく二人の物語は、まさに珠玉のひと言に尽きよう。原作は二〇一一年に完結を迎えたが、マンガ版の連載は現在も継続中。注目はマンガ版ならではと言える表現上の工夫で、たとえば本来の狼の姿となったホロは牙の表面まで詳細に描写するほど外見の恐ろしさを強調する一方、かわいらしいSD（スーパーデフォルメ）キャラクターも登場させ、そのギャップを生かしたギャグ展開が随所に見られる。また原作の売りでもある緻密な経済状況の解説が、台詞とともに図式化され理解しやすくなった点も読者にはうれしい。原作完結後も四年以上続いているマンガ版には、ぜひともこのまま、原作のラストエピソードまで走りきってほしい。

（山口直彦）

天乃咲哉作画『GOSICK―ゴシック―』ドラゴンコミックスエイジ、二〇〇八年（原作：桜庭一樹著、武田日向イラスト『GOSICK―ゴシック―』富士見ミステリー文庫、二〇〇四年）

ヨーロッパの小国ソヴュールにある、貴族の子弟のための寄宿学校「聖マルグリッド学園」。そこに留学してきた少年久城一弥が、人形のような容姿で恐ろしく聡明な頭脳を持つ少女ヴィクトリカと出会い、互いに成長しながらも抗えない社会の荒波に巻き込まれていく物語。いまや直木賞作家として知られる桜庭一樹の出世作となった作品を、初出となった富士見ミステリー文庫版のキャラクターデザインをベースに、天野咲哉の作画でコミカライズ。ストーリーはほぼ原作を踏襲しているが、一部にストーリー順序の組み替えやオリジナル展開の挿入も見受けられた。マンガ版のキャラクターは、初出時のイラストを手がけた武田日向のタッチに比べるとやや幼く、ヒロインであるヴィクトリカの子どもっぽい一面を強調してコミカルに描いている。ときに大人っぽく、ときに子どもっぽく振る舞うヴィクトリカと、かいがいしく支える久城の姿を存分に目で楽しめる作品でありながら、原作全てを描かずに終了してしまったことが悔やまれてならない。

（山口）

『GOSICK―ゴシック―』

いけださくら作画『俺の妹がこんなに可愛いわけがない』電撃コミックス、二〇〇九年
いけださくら作画『俺の後輩がこんなに可愛いわけがない』電撃コミックス、二〇一二年
（原作：伏見つかさ著、かんざきひろイラスト『俺の妹がこんなに可愛いわけがない』電撃文庫、二〇〇八年）

『俺の妹がこんなに可愛いわけがない』

物語は主人公の京介が、妹の桐乃がひた隠しにしていた重度のオタク趣味を知ってしまうところから始まる。こうして秘密を共有することになった京介は桐乃からの「人生相談」に兄として応えていく。原作者の伏見つかさは、小説版とマンガ版の最も違う部分として〝視点〟の違いを挙げている。これは『俺妹』ならではの面白さだろう。というのも『俺妹』はライトノベル史上でも類を見ないほど、思っていることと真逆のことを言うキャラクターばかりで作られているからだ。小説では行間から察するしかなかったキャラクターの心情が、マンガ版では表情や、あるいは京介という小説版の視点保持者から見えない部分の仕草などで補完されている。特に原作四巻、黒猫入学後の展開を黒猫視点から描く『俺の後輩がこんなに可愛いわけがない』はその特性が遺憾なく発揮されている。京介に対し素直になれない黒猫のいじらしさがたまらない。見えない部分が見えるマンガ版。オススメだ。

（松永寛和）

小川麻衣子作画『とある飛空士への追憶』ゲッサン少年サンデーコミックス、二〇一〇年
（原作：犬村小六著、森沢晴行イラスト『とある飛空士への追憶』ガガガ文庫、二〇〇八年）

『とある飛空士への追憶』

戦時下で、飛行士シャルルが単機で次期皇妃ファナを皇太子の部下のところへ届けるまでの身分違いのロマンスを描いた作品、『とある飛空士への追憶』。この作品はエピローグで「これまでの話は、某氏へのインタビューを下に書かれた、とある本の物語である」と明かされるのだが、このエピローグの描かれ方がマンガ版と原作では大きく異なる。原作は、その本の著者の語りで物語が締めくくられる。しかし、マンガ版でもその著者の語りは描かれながらも、少年がその本を読んで眼を輝かせ、明るい表情で空を見上げて物語は締めくくられる。ファムとシャルルは別れたあとにどうなったのかは明らかにされておらず、「この物語の結末は読者に委ねる」と作中の本の著者は語っている。読者はきっと明るい未来を想像するだろうが、マンガ版にはそのような少年がいることで原作と比べてより一層、強い希望を感じさせるのではないだろうか。

（西貝怜）

『紫色のクオリア』

綱島志朗作画『紫色のクオリア』電撃コミックス、二〇一二年（原作：うえお久光著、綱島志朗イラスト『紫色のクオリア』電撃文庫、二〇〇九年）

ライトノベルとしてだけでなく、SFとしても名作の呼び声高い『紫色のクオリア』。原作でもイラストを手がけた綱島志朗の手によってコミカライズされた本作は、原作が忠実に再現されているだけでなく、登場人物の「狂気」がより生々しく描かれている。「あたし」の友達「毬井ゆかり」は、ニンゲンがロボットに見えるという能力を買われ、「組織」にスカウトされる。ゆかりの死を知らされ、その真相を知ろうとし、「あたし」もまた殺されてしまう。だが、それは「あ

『人類は衰退しました』

くまで可能性として生まれ、消えた平行世界」での出来事だった。友達を救うため、「あたし」が選んだ道は、十億通りの「あたし」の可能性にかけることだった。求めるものはただひとつ、友達を救い出す可能性。「あきらめる「あたし」は必要ない」、当たり前だ、彼女がいない世界には、何の意味もないのだから……。いくつもの平行世界を見捨てたあとに、「あたし」がたどりついた世界とは……。

（犬亦保明）

吉祥寺笑作画『人類は衰退しました ようせい、しますか?』MFコミックスアライブシリーズ、二〇一二年（原作：田中ロミオ著、戸部淑イラスト『人類は衰退しました』ガガガ文庫、二〇一二年）

『人類は衰退しました』は、未来世界で不思議な能力を持つ新人類「妖精さん」らが現れ、「私ちゃん」を中心とした緩慢に滅びゆくわれわれ旧人類と彼らの交流を描いたオムニバス作品である。そのなかでも「妖精さんのお里がえり」では、「妖精さん」と「私ちゃん」が遺跡の探索によって知り合うことになる擬人化された人工衛星を主に、興味深い科学の想像力が描かれている。一九八〇年頃に明らかになった、人工衛星のパイオニアが太陽系外に脱出した際に起きた謎の減速、パイオニア・アノマリー。これは、パイオニアが抱える地球への望郷の念によって起こったと描かれている。作中では言及していないが、パイオニア・アノマリーが地球側への加速で起きたということも合わせて考えると、人工衛星のノスタルジーという想像力も膨らんでくる。このほかにも、原始的な機械でも「想い」があるという描写や、「泣ける機械」という言葉も登場する。マンガという視覚的に強く訴えかける媒体で描かれることで、これらロマン化された科学の暖かみをダイレクトに感じることができるだろう。

（西貝）

中村貯子作画『ソードアート・オンライン アインクラッド』電撃コミックス、二〇一二年
南十字星作画『そーどあーと☆おんらいん。』電撃コミックスEX、二〇一二年
葉月翼作画『ソードアート・オンライン フェアリィ・ダンス』電撃コミックス、二〇一二年
比村奇石作画『ソードアート・オンライン プログレッシブ』電撃コミックスNEXT、二〇一四年
猫猫猫作画『ソードアート・オンライン ガールズ・オプス』電撃コミックスNEXT、二〇一四年
山田孝太郎作画『ソードアート・オンライン ファントム・バレット』電撃コミックスNEXT、二〇一四年
葉月翼作画『ソードアート・オンライン マザーズ・ロザリオ』電撃コミックスNEXT、二〇一四年

『ソードアート・オンライン アインクラッド』

木谷椎作画『ソードアート・オンライン キャリバー』電撃コミックスNEXT、二〇一五年（原作：川原礫著、abecイラスト『ソードアート・オンライン』電撃文庫、二〇〇九年）

ゲームの世界に入るという夢の技術が実現した近未来。バーチャル空間を利用した多人数参加型RPGをプレイ中、主人公のキリトはゲームからログアウトするボタンが消えていることに気づく……。快進撃を続ける原作は海外でも翻訳され、二〇一四年に世界累計千六百七十万部を突破。その勢いはコミカライズでも健在だ。原作は「アインクラッド編」や「フェアリィ・ダンス編」などいくつかのパートに分かれているが、マンガ版は複数人が各パートのコミカライズをそれぞれ担当。現時点まで七人ものマンガ家を起用したのはメガヒット作品ならではと言える。そのためマン

『俺の彼女と幼なじみが修羅場すぎる』

ガ版は原作の物語を忠実に再現する以外に、リーファ、シリカ、リズベットの三人を主人公にしたスピンオフ『ソードアート・オンライン ガールズ・オプス』、原作をギャグタッチで再構成した『そーどあーと☆おんらいん。』など独自の展開も充実。自分好みのキリトやアスナの物語を探すのも一興だろう。

（松永）

睦茸作画『俺の彼女と幼なじみが修羅場すぎる 愛』ビッグガンガンコミックス、二〇一三年
（原作：裕時悠示著、るろおイラスト『俺の彼女と幼なじみが修羅場すぎる』GA文庫、二〇一一年）

人気マンガ家・睦茸を起用し、原作のヒロインの一人「冬海愛衣」に焦点を当てながら、ストーリーを愛衣視点で捉え直すスピンオフ作品。幼い頃に「ケッコン」の約束をした「季堂鋭太」と再会した愛衣。しかし、鋭太は愛衣のことを覚えていなかったうえに、彼の周りには鋭太を慕う女の子が常にいて、二人の距離は微妙なまま。そんな鋭太に素直になれず、愛衣の明かせない恋心はつのるばかり。鋭太への強すぎる思いのせいで空回りをしてしまう愛衣の魅力が、この作品には詰まっている。もちろん、その魅力は愛衣の妄想（暴走）や奇抜な台詞回しにもあるが、何よりも睦茸の手によって生まれるプニプニとした肉感にあるだろう。ただ、過激すぎる表現が多々あるため、この作品を読むときには、周囲に細心の注意をはらいながら読んでいただきたい。

（犬亦）

小特集　少女小説１９８０

一九八〇年代の少女小説を再考する

大橋崇行

かつての少女小説やジュニア小説に限らず、現代のライトノベルも含めた青年期の読者を対象とする小説の難しさは、中学・高校の卒業という節目があり、三年・六年という周期で人間関係が大きく変わってしまうということにある。この時期は金銭的に必ずしも余裕がないため、読書経験では学級文庫や学校図書館での貸し出し、友人同士での回し読みや貸し借りが非常に大きな位置を占める。しかし、学校を卒業することによって人間関係が断ち切られ、そのような読者共同体は容易に崩れてしまう。このとき、それまで読んでいた本の読者も同時に「卒業」してしまうことが少なくない。たとえ継続して日常的に小説に親しむことになったとしても、別のカテゴリー・ジャンルの小説を読むことになるというケースが多い。言い換えれば、日本の「オタク文化」とは、子どもから高校生くらいまでの世代を想定読者・視聴者として作られた作品に、その年代を過ぎても触れ続けている層によって形成されていると言うこともできるのである。

一方でこのような書籍群では、新しく学校に入学してくる生徒たちが、新たな読者共同体を編成する。したがって、中・高生を想定読者とする小説は読者が常に新しく入れ替わることにその特徴があり、それに伴って、流行がちょうど三年くらいの周期で変容していくことになる。たとえば、二十代・三十代になったライトノベル読者が「最近のラノベ」や「にわか読者」を批判することがあるが、それは自分自身は一世代・二世代前のライトノベルが持っていた物語に対してなじみがある一方で、読者の入れ替わりによってそのような物語様式を持つ作品が少なくなり、新しい読者に向けて刊行される新しい様式の物語に対応できなくなっている場合が少なくない。また同時に、新しく入ってくる読者の数が少なくなり、このような読者の入れ替わりがおこなわれないときは、ジャンル全体が衰退することを意味する。現在のライトノベルがゼロ年代半ばから後半にかけてほどの勢いが見られないことの要因のひとつがまさにそこにある。

これは一般の読者に限ったことではなく、批評家や書評家にとっても同じことが言える。たとえばゼロ年代のライトノベル全盛期に言説を編成していた批評家で、悪ノP（mothy）『悪ノ娘』（PHP研究所、二〇一〇―一二年）以降のいわゆるボカロ（ボーカロイド）小説を正面から扱うことができている論者は、ほとんど見られない。ボカロ小説の読者は、「ニコニコ動画」に最も親和性が高かった当時の女子中学生くらいの世代だった。彼女たちが高校生になった現在ではすでにそのブームも去り、刊行部数は大きく落ち込んだ状態にあるのだ。

もちろん、このような状況にあっても、長い期間にわたって青年期の読者を対象にした小説を書き続けていく作家もいる。しかし、決して少なくない数の作家が三年から六年程度の周期で引退し、あるいは一般文芸に入っていくというのは、このような読者の変容が大きく関わっている。ここを乗り越えて新しい物語、読者を獲得できるかどうかが、ライトノベルが今後もひとつの出版カテゴリーとしてどの程度存続できるかどうかの分岐点になるだろう。その意味で、制作費がかからないことに甘えてライトノベルの編集側がウェブ小説の書籍化を次々におこない、いわゆる「異世界転生もの」や「俺TUEEE系」がライトノベルを覆っているという状況は、ライトノベルというカテゴリーにとって自殺行為でしかない。

こうした現在のライトノベルの状況と酷似していたのが、一九七〇年代に見られたSF、ジュニア小説の流行と、その凋落である。本特集で嵯峨景子の論が指摘するように、その状況を打開するためにこれをリニューアルするかたちで創刊された雑誌が「Cobalt」（集英社）だった。その結果、八〇年代の少女小説は、全盛期を迎えることになる。その意味で、発刊点数の増加に比して全体の売り上げ部数が少なからず落ち込んでいるというライトノベルの状況を踏まえ、それをどのように乗り越えていくのかという方策を考えるうえで、この時期の少女小説を振り返っておくことは意味があると思われる。

一方で、一九八〇年代の「Cobalt」や「集英社文庫コバルトシリーズ」を振り返ることには、もうひとつ別の意味がある。

そもそもの始まりは、ソノラマ文庫やコバルト文庫といったレーベルが、それまでとは異なる雰囲気のイラストを用いはじめたことにありました。いわゆる、「マンガっぽい（もしくはアニメっぽい）イラスト」というやつです。

（新城カズマ『ライトノベル「超」入門』〔ソフトバンク新書〕、ソフトバンククリエイティブ、二〇〇六年）

大森　一方、一九七〇年って言うと、ちょうど朝日ソノラマがハードカバーの中・高生向け叢書〈サンヤング〉を出していた。ほとんどは、のちの創刊されたソノラマ文庫に入るんだけど、このラインナップを改めてじっくり眺めるとすごく面白い。今回いろいろ読み返したんですが、その結果、最終的に、ライトノベルの第一号は平井和正の『超革命的中学生集団』である、という結論に到達しました（笑）。

（大森望／三村美衣『ライトノベルめった斬り！』太田出版、二〇〇四年）

新城カズマが示したように、「集英社文庫コバルトシリーズ」とのちの「集英社コバルト文庫」とは、しばしばライトノベルの「起源」のひとつとして指摘される。しかし、ここではその母体となる雑誌「Cobalt」にまったく触れていないことに加え、大森望の言説では、朝日ソノラマが刊行していた「サンヤング」だけをライトノベルの「起源」として語り、コバルトの前身となるジュニア小説に対する意識は非常に希薄である。このふたつの言説に限らず、ライトノベルの「起源」をめぐる言説ではほとんどの場合SFとの接続が強調され、「集英社文庫コバルトシリーズ」や「集英社コバルト文庫」はその「起源」のひとつとされていながら、具体的なテクストの検証がほとんどまったくと言っていいほどおこなわれていないのである。

ここには、いくつかの要因が考えられる。ひとつには、ライトノベルの「起源」をめぐって語られてきた「歴史」が、基本的に単行本、文庫本だけを見ることによって編成されてきたことにある。たとえば、雑誌「Cobalt」のほうは挿絵が非常に少なく（実際、雑誌を刊行する際には挿絵を入れているような余裕はなかっただろう）、そこで描かれた作中人物が本当に大塚英志が言うような「まんが・アニメ」的なものだったのか、あるいはイラストがない状態で、当時の読者がそれを「まんが・アニメ」的なものとして把握していたのかという問題が残る。しかし、コバルト文庫がライトノベルの「起源」であるというときには、文庫本のほうにイラストがついているという事実だけに焦点化し、雑誌「Cobalt」もそれも同質であったかのような論理が展開されているのである。

また、もうひとつの問題として、「Cobalt」の読者層が挙げられる。

——いわゆる少女小説っていうジャンルは、男の子はほとんど読まないものなんでしょうか？

石原　アンケート調査では九九％が女の子ですね。でも実際は、コバルト文庫にしろ、講談社のX文庫にしろ、男の子も読んでるんじゃないかな。最近は学級文庫にもかなり置いてもらってますから。

（石原秋彦／高山英男「ジュニア・ノベルズの新たな広がり——その言語感覚の行方」「思想の科学 第七次」一九九一年十月号、思想の科学社）

ここで指摘されているように、雑誌「Cobalt」の読者には男性がほとんど入っておらず、読者はあくまで少女が中心だった。当時は中・高生を対象にした小説や、ショートショートの小説を応募できる媒体がなかったため、鳴海丈のように男性でありながら「Cobalt」の小説募集に原稿を送っている層は少なからず存在したようである。しかし、たとえば市場で募集されていた懸賞の当選者はほぼ百パーセントが女性であり、男性の名前は管見の限り確認できていない。上野千鶴子は、日本の青少年文化の特徴として「女の子の国」

と「男の子の国」とが分断しているということを指摘したが、この特徴は雑誌メディアで最も顕著に現れるのである。

一方で、集英社文庫コバルトシリーズのほうは、やや事情が異なっている。女性と男性との比率が同じくらいだったという新井素子の作品は例外的な存在ではあるものの、当時の「集英社文庫コバルトシリーズ」のほうには、雑誌と違ってある程度の男性読者がいたと考えられる。

このような状況を見ていくと、ライトノベルの「起源」について語る「歴史」の実態が見えてくる。すなわち、従来語られてきたライトノベルの「歴史」とは、それを語る論者自身の読書体験をつなぎあわせたものにすぎず、そこから外れた作品をあえて読み返して全体を俯瞰するものになっていないのである。言い換えれば、男性読者の視点だけから見た歴史であり、そこで「集英社文庫コバルトシリーズ」や「集英社コバルト文庫」がライトノベルに「影響」を与えたというレベルで語られることはあっても、その内実には触れることができなかったのである。

その意味で、これまでのライトノベル言説であまりにも触れられる機会が少なかった一九八〇年代から九〇年代にかけての少女小説について考えることは、従来の「ライトノベル史」から排除されてきた「Cobalt」の女性読者に光を当てるだけでなく、ライトノベルについての言説が抱えている問題点を明らかにし、ライトノベルについて、さらには八〇年代以降のライトノベル・マンガ・アニメを中心にしたサブカルチャーについて再考するための契機になるはずである。今回の小特集「少女小説１９８０」ではその端緒として、氷室冴子・新井素子・久美沙織の三人の作家と、その同時代で活躍した作家たちを振り返っておくことから始めてみたい。

少女小説は誰のもの?

久美沙織

※本稿は、二〇一五年五月三十一日に日本近代文学会春季大会(東京大学駒場キャンパス)でおこなわれた久美沙織の講演をベースにして、本人が「講演風」に書き下ろしたものです。

はじめに

どうもこんにちは。はじめまして。久美沙織です。

一九八〇年代の少女小説に関するパネルディスカッションが企画されたということで、お呼びいただきました。そのへんの事柄につきましては、拙著『コバルト風雲録』に書きました。すでに書いてあることはお読みいただければいいので、なるべく繰り返しません。

本日は、専門家のみなさまがたに、分析されたり研究されたりする対象の「珍獣」として——顕微鏡の向こうでプレパラートに載っかっている「標本」として——じたばたします。なるべく、何も隠さず、ごまかさず、素のままの自分を、さらけ出したいと思います。私がここでポロッとこぼす「本音」や「生態」が、専門家のみなさまがたになにがしか新しい発見となり、研究の糧になるならば、大変光栄なことと思います。

山中智省さんの発表「ライトノベル雑誌からみる〈物語生産システム〉の具体相」をお聞きしました。学問ってこうやるんだねと思ったのですが、わからないことが多々ありました。まず、ライトノベルってなんなのか。私がコバルト文庫で書いていたものは、たぶんライトノベルではありませんでした。児童文学とは違う。書き手が私と同年代の女性で、主人公が少女なのに、主流文学なものもあります。少女小説でしょう。吉本ばななさんとか。このへんって、いったいどうなっているのか。どう分類されているのか。何はどうで、何はそうでないかについて、どういう指標があるのか。あてはめていくとこれはここです、ってわかるチャートとかないの?とうかがったところ、「それをやると炎上する」。なるほど。

1　少女小説という居場所

少女小説とは何か。もしかすると、「何に属しているか」の問題かなと思ったので、その話をします。

人類は長いこと、百人か二百人ぐらいの規模の小集団で暮らしていました。ネアンデルタール人の昔から、ついこないだまで、何万年も。大半は、生まれた場所から、あまり遠くまで行きません。その生活範囲の外に、どんな世界が広がっているかはまったく知らない。そもそも、ほかの世界があるということを意識したこともないかもしれない。百人とかいったら、まぁほとんど全員、顔も名前も一致する拡大家族みたいなものですね。どの誰がどんな人で、過去どんなことをしてきたか、構成員全員が知っている。そんな集団のなかで、四六時中、生きて死ぬ。血が濃くなりすぎないように、たまによそと婚姻関係を結んだりしないとまずいかもしれませんが、十年一日、春夏秋冬、ずーっと同じような日が続く。そういう原始人のときの感覚が、遺伝子には色濃く残っている。精神の根底にもある。

だから、百人とか二百人とかの顔見知り集団のなかでの自分の立ち位置であるとか、どう振る舞えばどうなるかがすごく大事なんですよね。それより大きなことは、あんまりピンとこない。

大きなことというのは、たとえば「法」です。法律がどう定めていて、もしも裁判になったらこう裁かれるはずだ、ということ。知識はあっても、自分に関係があるとは思っていない。裁判などというものは、自分にはたぶん一生関係ない。それより属している集団のほかのメンバーにどう思われるか、メンツが立つのかのほうがずっと大事です。そっちは、一生考え続けないといけない。しくじったら、大変なことになります。

たとえば、飲酒運転。いまは、お酒を飲んだら絶対に運転してはいけないとかなり厳しく言うようになりましたが、ちょっと前まではそうでもありませんでした。うっかり甘く見て、大事故を起こしてしまう。

そもそも集団は、いったん作ると、それを存続させることがいちばんの目的になってしまって、なんのための集団だったのか、集団外から自分たちがどう見えるのか、がさっぱりわからなくなってしまうことがよくあるなぁ、と、政治家や政党を見てるとしみじみ思うわけです。なにしろ、自分が生きてる「このパーティー」がすべてすぎるというか、まぁそれが「居場所」と言えば、そうなんですが。そんなこんなで、私、東日本大震災のあとに盛んにいわれた「絆」という言葉も、実は、あんまり好きになれない側面をもっているように感じてしまうところがあります。が、これはまたデリケートな問題で、全然別な話なのでつっこみません。

いまは世界がグローバルになって、ブログに何かを発表したら、地球の全員に向けて発信したも同然の世の中になりました。でも、ちょっと前までは、「よそ」と交流するというのは大変なことでした。

生まれ育った土地から出ることなく育って、結婚して、子どもを作って、死んでいくのが、当たり前だった。村集団の長老やお年寄りは、「外なんか関係ない」と思ってる。よく、ご家庭のことでも、「よそはよそ、うちはうち」なんて言いますね。単なるローカルルールの話ならしようがないんですが、「法がどういってるか知らないが、うちの村ではずっとこうだ」といった発言がまかりとおってしまう。

ある時期、「本」は、そういう村にあけられた風穴でした。一生、閉ざされた村から出ない、出られない、出る必要もきのうまで感じなかった、よそのことなんか自分には関係ないからどうでもいいと思っている狭い範囲に閉じこもっている人にとって、外の世界に向かってかすかに開いていて、光が差してくる窓でした。いまのウェブが、ちょっと前のテレビがそうであるように。「本」のなかには、リアルの村にはまったくいない種類の人がいます。そこには、こことはまったく違う生活とものの考え方が、世界があったわけです。

少女小説は、そういう意味で、「別の世界」ある種の「居場所」を提供するものだっただろうと私は思っています。自分が現実に暮らしている場所や時間とは違う世界。違うルールが適用される場所。よりしっくりくる、「ここが好き」と思える世界。安心して自分の「たましい」を置いておくことができる。素顔でも裸でも、恥ずかしがらずに生きていける。

いまは亡き中島梓（栗本薫）先生が、やおいなJUNE小説についておっしゃっていたことを思い出します。ボーイズラブつまり男性同性愛の小説を、なぜか書かずにいられない読まずにいられない種類の女の子たちがいる。「彼女たちにはどうしてもこれが必要なのだ」と。「その時期」はこれなしでは生きていけないのだと。

少女小説にもそういうところがあると思います。十歳前後、ローティーンになるあたりから、いろんなことがざわざわしてくる。体つきも変化するし、友達との関係が変わってくる。幼なじみの男の子と話していると、ほかの女子にこそこそ言われたりする。異性や恋愛感情を、意識しないといけなくなってくる。やおいほど過激ではないし、書き手や読み手もそこまでは意識的ではないと思いますが、これは、まあ、性の目覚めです。生物としてのヒトが効率よく繁殖できるのは、若いうちなので。遺伝子の神様が、やれやれ〜、とけしかけてくる。カモーンと呼ぶ声がする。その予兆が見えてくる。

「目覚めてないぎりぎり」「もう少しすると目覚めなきゃならない、けど、でもまだここにいることをかろうじて許されている。際にある」。いまにも失われそうなとき。少女たちはそこにいます。すてきですよねぇ。

予定がなくて無理に起きなくてもいい朝に、もしかして二度寝してもいいやぁ、みたいに、おふとんでごろごろして、好きなだけとろとろまどろんでいるみたいに。もう夢から覚めかけている、でも、まだ覚めてない。この「もうそろそろ」「でもまだ起きない」「夢うつつ」が心地いいんです。

そこがあんまり居心地がよすぎて、一生、そのままの人もいますね。酒井順子先生の『負け犬の遠吠え』という名著がありましたが、あれは、そこから動くまいと、二度寝でも三度寝でも自分の好きにするぞという、そういう境遇を、いろんなものと引き換えにしてゲットした！って話だったのかもしれません。

けれど、たいがいの少女は、知らず知らずのうちにそこを通り過ぎます。一生とどまりはしません。

比較的多くの場合は、目覚めて、どこか違うところに行く。そっちのほうがよくなり、適応し、好きになり、戻ってこない。たとえば、部活に夢中になって仲間ができたり、彼氏ができて、赤ん坊ができたりする。すると、リアルのほうがあまりに忙しいので、ぐずぐず夢なんか見ていられなくなる。本なんか読んでいられなくなります。そうして、少女小説から卒業する。

次に何か読みたくなったときに手に取るのは、献立がたくさん載っている婦人雑誌だったり、家族ものの感動マンガとか、嫁姑問題の実話関係とか、ファッション誌だったりする。そういうものさえ、美容院や歯医者の待合室でしか読まない、雑誌にお金を使うのがもったいなくて、自分のためにはなるべく何も買おうとしない。というか、スマートフォンでなにかするのが忙しくて、それ以外に文字を読んでるひまがない。

でも、必ずまた別の、新しい少女たちがそれらしい年頃になって、少女たちの村にやってきて、夢みる幸福にまどろんで、一角獣に出会うのです。

2　想像力に寄り添う

二〇一五年の本屋大賞は上橋菜穂子先生の『鹿の王』でした。その年に刊行されたすべての本のなかでいちばん面白いといわれたんですよ！　すごいですね。児童文学っていいなぁ。嫉妬を覚えてしまいます。

昔、「コバルト」の前身だった「小説ジュニア」なんか、「三ない運動」の対象でした。見つけたら、速攻「このポストに捨てろ」って駅とかに白い箱があった。害虫扱いです。よくない本だから子どもに読ませちゃだめ、読んでるところを見つけたら必死で止めろ、捨てて親子げんかになってでも止めろ、というぐらい、ひどいサベツを受けていた。同じ子ども向けなのに、ずいぶんと扱いが違うものです。

大人は大人だということをふりかざして、子どもを抑圧しました。大人が子どもの好みや自由や人権を侵害するのは、いけないことじゃなかった。しつけするのが当たり前、教育的指導するのが当然でした。

でも、私は子どものとき、児童文学じゃないものを読みたいと思った。大人が子ども向けに差し出して読ませようとする本ではなくて、子どもである自分が読みたい本を読みたかった。そういうものを書きたかった。

大学生デビューして、そのまんまずーっと書いてるので、私はいわゆるお勤めをしたことがまったくありません。私が「わかる」と言えるのは、「子ども」のことだけなんです。子どものまんま作家になって、子ども相手のものを書いてきたので。書いている間は、『ドラゴンクエスト』の世界とかに行ったっきりだし、好きな作品を読んだり映像を見たりしている時間も多いので、「この世」で過ごした時間が人より少ないんじゃないか。

しかし、世の中は本当に変わりました。かつて、大人はマンガなんて読まなかったし、アニメなんて見なかったし、ゲームなんてしなかった。いまは電車乗ると、本を読んでる人のほうが珍しい。みんなスマートフォンでなんかやってる。いまさら、サブカルだから主流じゃないんだとか、大人が認めないものはマイナーだとか、もう全然そういうことはないはずだ、と思いながら……。

『鹿の王』を読んで、あれっ、そうか、もしかしたらと思いました。大人は、子どもと、「許容できるファンタジー」の度合いというのが違うんじゃないかと。

小説は嘘です。虚構で架空です。だから、どんな嘘をついてもいいはずなのに、「大人」の「普通」の小説は、現実の世の中に立脚したものを書きます。そこで起きる奇跡はせいぜいが、かなりうまくいった偶然。超能力や魔法やSF的なガジェットはまず絶対に出てきません。幽霊とか、予感ぐらいなら出てこなくもないですが、それ以外は出さない。

『鹿の王』には、超常能力っぽいものが出てきましたが、それには発症理由がありました。ある種のウイルスに感染すると、たいていの人は死んでしまいますが、生き残ることができる人がごくたまーにあって、その人は、すごい能力を手に入れる。人であって、人でないものになる、みたいな。上橋菜穂子先生は、きっとすごく真面目で、嘘をつくのがいやなのでしょう。考証とか根拠がちゃんとなっていないと、落ち着かないんでしょう。

小説はどうせ嘘なんですから、とんでもない嘘をついたっていいし、根拠なんか別になくてもいい、と私は思います。想像力の遊びなので。設定がだいいかげんだったり、ご都合主義的に行き当たりばったりすぎたりすると、「おいおい読者をばかにするな」って思いますけど。

たとえば、キャプテン・ハーロックの横には、旗がなびいていてかまわないんです。というか、ぜひ、なびいていてほしい！　そこが大宇宙の星空の真ん中で真空であっても、旅立ちには風が吹いていないといけない。アシタカ様とか、『魔女の宅急便』のキキとか、ジブリキャラが怒ると、怒髪が天をつきますね？　こう、髪が立ち上がってわさわさする。

知性と想像力で「ついていける」「許容できる」「好きだと感じる」範囲は、人それぞれにある。説得力や、きちんと筋が通った設定がどこまでほしいのか、それも、人それぞれかもしれない。その人がそれまで経験してきたこと――実際の生活で得てきたこと――と、それまでに見てきた、読んできた、愛してきた数々の作品によってそれは決まっている。たぶん一人ひとり、微妙なところは食い違うのでしょう。

前置きが長くなりました。何が言いたいのかというと、「少女小説」は、その好む「嘘」とか「説得力」の種類が非常に特殊ではないかなぁと思っているわけです。

少女小説は、目覚めぎりぎりのとこにある「少女」が好む世界観とバランスによって立っているものなのではないかと、先ほどちょっと言いました。もちろん、ひと口に少女小説といっても、大勢の作家がさまざまな作品を書いてきていて、いまもどんどん増えているわけで、程度の違いや作品カラーなど幅はいろいろあるんですけれども。おおざっぱに言って、リアルであることより、夢でいい。「こうであってほしい」にまず寄り添う。願望充足的ですが、ライトノベルの読者の方々のそれとは——ラノベは男子のものだと思っているので——大きく違う。SF読者とは重なるような気がしますが、やはり少し違う。もちろん「大人の小説」とはまったく異なります。いちばん近いのは、やはり、少女マンガかな。

シンポジウムでは氷室冴子さんについての言及が多いですが、氷室さんが私たちの業界に持ち込んだのは、その絶対基準となるべき「少女」の姿だったのではないか。

かわいくて、スイートで、ふわふわで、元気で、柔らかくて、けがれがなくて、キラキラしてる。生真面目で一生懸命だけど、抜けていて、無責任。だってまだ何の力も実際ないんですから、何かに責任なんてとれないです。大人から見ればくだらないことを真剣に悩みます。そして、——ここがたぶん重要なんだと思うんですけど——まだ、恋は、知らない。だから、男性目線による格付けはいらない。意識的にしろ無意識的にしろ、異性ウケを狙わない。女の子同士で仲良くすることや競争はどんどんします。そっちが楽しくて、意味を感じる。女子の先輩や後輩と関係するだけでも、いろいろ複雑になります。

『ラブライブ!』は、少女キャラの表情をひとつ見たとたんに「ああ、これは男子向けのものなのね」と思いました。女の子向けの『アイカツ!』だって、かわいいポーズはとりますよ? その名も「セクシーコーデ」という洋服の種類があったりする。でも、男子向けのキャラが浮かべがちな表情を、彼女たちは浮かべません。うちの娘が3DSで『アイカツ!』の何かを遊んでいて、「スペシャルセクシーポーズ!」という声がするので、びっくりして、ええっ、なんだそれ、どんなポーズだー!?って、のぞこうとすると、娘が言うんです。「安心して、いかがわしくないから」って。小学五年生でも、セクシーには、いかがわしいのと、そうじゃないのがあると、もう区別ができているんですね。

『ふたりはプリキュア』シリーズは幼女向けだから愛を描いてもいかがわしくならないようにすっごい気をつけています。『美少女戦士セーラームーン』は肉感的でちょっとエッチっぽい。ターゲットが微妙に違う。少女とひと言でいっても、ある程度は幅がありますね。

でも、リアルの村で生きにくいのなら、ここがあるよと。こっちにおいでと。体は現実のほうに置いたまま、心だけ、来ていいよと。ここにあなたが安心して過ごせる場所がある。たましいはこっちに置いたまま、知らん顔して生活していけばいいんだよ、私たちは、それを全力で応援するよ、守るよ、と。氷室さんがしたのは、そういう宣言だったのではないかといまは考えています。

何をどこまで信じられるか、何は許せないと思うかといったさまざまな感覚を、いちいち細かに説明しなくても通じ合う同士。何かにおびやかされることなく、おだやかにハッピーでいられる場所。

物事やそれをどう捉えるかは時代とともに変化していきますが、目覚めるぎりぎりの少女の感覚はそうそう変わるものではありません。「こういうの好き」「これはダメ」「ほしい」「いらない」「汚い」「イヤ」「絶対許せない」など。少女たちが自然と感じるもの、共感できるものを、大切にしようよと。

3 少女小説の「理想」と読者

ライトノベルとのいちばんの大きな違いかもしれないと私が思っているのは「伝統性」「普遍性」です。女の子は保守的で、普通で凡庸で「みんなと同じ」であることで安心する。定番が好きで、おばあちゃまからもらったものは宝物です。小坂明子の「あなた」の歌詞にあるように、暖炉があるような古風な家で、バラやパンジーが咲く庭があって、犬が飼えて赤ちゃんがいて、編み物ができるなら、幸福だ。おだやかで、余裕があって、豊かです。

ラノベはもっととがっている。エッジであらまほしい。いちばん新しいものがいちばんカッコいい。生まれてくるものは先行作品を凌駕していなきゃならない。親とか、先輩は、乗り越えていかなきゃならない。やいばは使えばなまります。キレなくなる。研げば減って、小さくなる。戦士は本質的に消費される運命です。

　だから、少女小説はある意味、黄金のマンネリでよくて、「生まれたての古典」がありうる。けれど、ラノベでは難しいのではないか。『蝿の王』とか『十五少年漂流記』とか、アーサー・ランサムみたいなものは、なかなかありえないのではないか。

「氷室さんと親しかったんですか?」という質問に「あー、しょっちゅう説教されてました」と答えました。なかでも忘れられない言葉があります。「目の前の発行部数や売れ行き、人気アンケートのランキングなんかで一喜一憂してはいけない。私たちは十年後、二十年後にも、そのときの少女たちの心に響くものを書くの。一忘れられない、どの世代の少女たちにも、読んでもらえるものを書くの。書かなきゃダメ!」

　氷室さんや新井素子さんは発売たった一週間で大増刷が決まるのに、私はただの一度も増刷をしてもらったことがない、いつだって初刷止まりだ、とグレていた頃です。どのようにして人気をゲットすればいいのか。どうしたら読者が振り向いてくれるのか。それがわからないんだって口にしたら、「ちょっと久美さん、あんた、根本的に間違ってる!」と言われたのでした。小手先で勝負するなってことですよね。常に本気で、傑作じゃないものは書くまいと、努力しろってことですよね。

　いまは作家の数が多いので、伝統的だったり普遍的だったりすることにはあまり魅力がないかもしれません。でも、氷室先生が言った、いまこの瞬間に読者にウケるかウケないか、編集者に「OK」と言ってもらえるかどうかよりも、大事なことがあるはずだ、というのは、決して忘れてはいけないことだと思います。氷室さんはたぶん『赤毛のアン』や『若草物語』のようなものを書こうと言ったんだと思います。ずっと愛され続け、長く読まれ続ける作品を書くべきだと。

　たとえば、『大草原の小さな家』はアメリカ西部開拓時代を舞台にした作品です。百五十年近くも前の話ですが、十分面白い。どれだけ社会・風俗が違っても、育つ環境や家庭、両親との関係が違っても、文化を超えて通底するものがある。

反対にほんの五年前の作品が、すごく古く感じられて、すんなり読めなかったりすることがある。『大草原の小さな家』に電話が出てこないのは当たり前ですが、小説やマンガで、待ち合わせしたのに約束の場所に彼がいなくてはぐれてしまってうんぬん、みたいな描写があると、「なんで携帯で連絡しないの?」と思ってしまう。私は「コバルト文庫」に四十四点、本を書いたんですけども、最後の頃には、読者の期待に合わせようとすること、時代の変化と戦うことが、すっかりいやになってしまいました。読者の方々と、年々、ジェネレーションギャップというか、話が通じにくい感じを味わいました。

私が書き始めた頃、小説を読むのは、文学少女系の子でした。クラスのほかの子たちがバレーボールをしてるとき、一人、校庭の隅の木陰で文庫本を開いている、みたいな。あえていえば、勉強はできるほうです。それが、ふと気がついたら、コバルトの読者に勉強ができない子のほうが多くなっていたんですね。少女マンガは小難しくてわからないから、コバルト読んでます〜、って。で、クラスの仲良し四人とか五人で回し読みする。「Aちゃんも B ちゃんも読んでるから私も読んでみたら面白かったです」と言われる。

私は、きっぱり一人で木陰タイプだったので、「仲間で共有できるものが好き」な感覚が最初すごい意外でした。私は好きだと思う本は手元に置いておきたいし、何度も読みたい。誰かに触られるのうれしくないし、汚してほしくない。わかってくれそうな人に勧めても、自分の分はそのままキープです。けど、この子たちにとっては、本は単なる道具であって、仲間と「共有」できる。「回して」平気。「みんなで同じのを読んだ」ことが大事なんですね。仲間はずれを作らない。「どーもー。先生のなになにという本が大好きです。けっこう面白かった。○子も○美も○恵も気に入ってるって。みんなの分のサインくださいね」という手紙をもらったことがあります。

この子たちは、住んでる村が、そっちなんです。同じクラスで毎日顔を合わせる子たちの日常にちゃんと適応している。そのなかで自分のポジションをキープすることが大事。この人たちにとっては、「本」の世界より、その本を書いた実在の私と「リアル」でコンタクトできるほうが面白い。

これをあまりやると、氷室さんが言ったのと真反対なことになってくるんですね。二十年後の読者どころか、目の前のこの相手に、フォーカスしてしまう。視野が狭くなり、書くものが楽屋オチ的になり、いまはやり度が高くなる。それでウケる相手にはとてもウケる。でも、来年はきっとウケない。十年後なんか絶対ウケない。毎年、毎年「一発芸」を出そうとすると、疲弊します。こうして、私はここでもう通用しなくなってきたな、おばさんになって、この子たちと話が通じなくなっちゃったよ、って思うようになって、オタク方面にシフトしていくわけです。オタクはオタクで、少女たちとはちょっと違う「永遠の子ども」ですから。

「Twitter」で「『丘の家のミッキー』大好きでした。その作者さんと、こうして直接、会話できるなんて、あの頃の私に教えてあげたい」とか言われることがあります。「ありがとう。でもすみません、私はいまも現役なので、よかったら、この機会に、最近の作品をぜひ読んでみてください」って宣伝しますが。

4　伝統とオリジナルの力

「伝統」の話に戻します。

私はフラダンスを習っています。先日、私が六年ほど習っている先生のさらに先生にあたる大先生がハワイから来てくれました。その方から直接教わるワークショップに参加しました。フラダンスにはアウアナとカヒコと、おおざっぱに言ってふたつあります。アウアナは現代フラで、歌詞がある音楽に合わせて踊るもの。伴奏の音楽はCDでもかまいません。カヒコは、自分たちで詠唱しながらやります。ハワイ語です。ワークショップの最後の日、五時間かけて、とあるカヒコを一曲、教わりました。そのとき、ハワイの先生がおっしゃった。「自分は伝統的なカヒコを大事にしている。そこをどうかわかってほしい」と。

フラはけっこう人気があります。おばあちゃんたちがきれいなドレスを着て、運動不足解消してたりする。南洋盆踊りみたいな気分で、誰でも気楽にできますが、慣れると難しいことをしたくなる。そういう場合、カヒコはウケる。なんか本格派っぽくて。すると、ハワイの先生のなかには、自分で新たに（勝手に）独自の「カヒコっぽいもの」を作ってしまう人がいるんですって。それなら、独占できるし、ウケるから。

ハワイには、白人文化に抑圧されていた頃を知る世代がまだ生きています。キリスト教文化圏の方々は、ハワイの人たちを原始的だと感じたのですね。肌色が真っ黒で、髪ちりちりで、半裸でコシミノつけて、腰を振って踊るので、宣教師さんとか、ショックを受けた。いかがわしい！、はしたない！、こんなの見たら若者がおかしくなる、やめさせろ！って、禁止してしまいました。

「三ない運動」を思い出しますね。自分たちに理解できないものは、くだらない、はしたない、害毒だから禁止！ってやりたがる「大人」がいるんですね。

ムード歌謡を耳の上に花を飾った南洋美人がウクレレ弾いてセクシーに歌ったり踊ったりするのは、わりと早く復活しました。ハワイ基地で待機している海軍とかそういうの好きですから。ショービジネス・エンターテインメントはハワイを支えた。音楽も映画もいろいろできて、観光の役にも立った。

でも、伝統的なカヒコを復活させるのは、そう簡単ではなかったんです。アンクル・ジョージ・ナオペという偉いおじいさまなど、フラの真実を守りたいと決意した先生たちががんばった。二十一世紀になって、先進国も「少数民族の独自文化を大切にしよう」と思うようになってきた。

ハワイの大先生が、言いました。「私は受け継いだことを、そのまま後代に伝えようと思っている。自分が習う曲がいったい何であるか、必ずたずねなさい。ちゃんとした先生なら、誠実に真実を伝える。誰が、いつ、どういう理由で作ったか。そこを理解して演じなくては意味がない」と。パッと見、似ていても、伝統やルーツがあるものと、「ぽい」感じを狙ってきのうきょう作ったパチもんは違うぞと、言われたわけです。

いまは映像があり、アーカイブがあり、遠いハワイで披露された踊りを見ることだってできる。ただ、表面的なところを器用にまねっこしたり、「おいしいとこ」だけツギハギしたりしても「ぽい」ものができてしまう。もちろん、「ぽい」ものに意味がないわけではないです。それをじょうずにやる方もそれはそれで素晴らしいと思う。そういう時代かもしれない。何かを再加工したり、縮小再生産したり、まねっこして、おいしいところだけいただいて、というのに長けてる人のほうが、いまの社会では、勝者なのかもしれません。

資本主義の消費社会では、需要チャンスに即座に供給することが是です。営利企業は「儲けを出す」のが目的なので、売れたものが、当然偉い。いい商売ができれば、関係する大勢がハッピーになる。

ＳＦやファンタジー、ライトノベルがウケると、それっ「ぽい」ものを器用に作る方もいる。何がウケそうなのかをわかって、加工して、取り入れて、じょうずに再現できる。すごいです。「ものまね」は、大変なことだと思うんですよ。たとえば、ものまねタレントが誰かのまねをするときに必要なのは、観察だし、分析です。何か、普通の人が気づいていないものに、面白いところを見つけて、極端にデフォルメして拡大して再現して見せる。まねされたほうにしてみれば、わざとやっていることじゃなかったり、自分ではそこが面白いとは全然気づいていなかったりすることかもしれない。まねされることで、注目度が上がったり、過去の人だったのがリバイバル復活したりするんですから、まねしてくれてありがとうですよね。誇張されるとわかりやすくなります。まねる者のほうが、まねられた者より、メジャー受けする。そういうことが普通にありうる。

でも、言うまでもありませんが、まねは、「もと」がなければありえない。すでにあるものを加工するのがじょうずだったり、一あるものを二にしたり、十にしたりするのに適性があったりすることと、まったく何もないゼロのなかから何かを生み出すのは、能力というか、才能の種類が違う。

みんながみんな、何かをまねしたり、いろいろ加工してブラッシュアップするほうにばっかり目を向けたり、習熟したりしてしまうと、ちょっと怖いなと思います。模倣なら、計算できるというか、計画が立てられる。先が読める。安定して儲かる業界にはいい人材が集まり、チャンスなども増える。でも、それればかりだと素朴なオリジナルは生きていきにくくなる。へたすると、絶滅してしまうのではないか。

どんな作家だって、さまざまなものを見聞きして味わって育っている。あらゆるクリエーションは、先行したあまたの作品へのオマージュであり、先輩作家への賛美や感謝やあこがれの結実だったりする。そういう意味では、純粋に「オリジナル」とは、なかなか言えない。誰のどんな作品だって、きのうとあしたの間にある。

5　視覚メディアのインパクト

吉田秋生さんの『海街diary』という素晴らしいマンガが、二〇一五年に映画になりましたね。映画化の話が聞こえてきたときに、シャチ姉、長女の幸の役を演じるのが綾瀬はるかさんと知って仰天しました。綾瀬さんは、脱力系、のんびり、のほほーんとした感じですから。デキる女で、性格も相当キツイ、修羅場の看護師さんを、あの人が演じる――大丈夫か？みたいな。でも宣伝番組を見たとき、すごいきれいな映像で驚きました。小津映画みたいだと思いました。鎌倉で、古い家で、古風な感じの女の人たちが楚々としている。ああ、綾瀬さんって、原節子に似てるんだ、とはじめて気づきました。そっちを狙ったわけね、と。

映像はたくさんの情報を含みます。しかも、画面にいろいろなものが映っていて動いてたり、効果音や音楽もついたりするんですから、とうていすべての情報を理解して拾いきったりすることはできないぐらいです。また、何かを演じている一人の女優さんがいれば、その人のこれまでがそこにダブってくる。ご本人がどんな人で、インタビューで何を言ってきたか、その時点までに演じたほかの作品でどんな役柄をやっていたか、コマーシャルとか『紅白歌合戦』の司会とか、ありとあらゆる印象が総合したものとしてそこにいる。誰もが全部を知っているわけではないとしても、さまざまな要因の集積を、私たちは見ている。

そんなふうに、複雑で深いもの、厚みがあるものを、どんどん消費してしまう。

マンガもゲームもそうですが、いま人気が高いエンターテインメント作品は、とんでもなくたくさんの情報をすさまじい勢いで流します。質もさることながら、「分量」で観客を圧倒しようとしているかのようです。瞬間瞬間にとうてい全部はついていけませんから、見る側はそのときどきの気分ですばやく取捨選択しながら、次に何が起こるかわからないジェットコースターに乗ってるみたいに味わう。いいんです、いまはDVDとかありますから、すごく気になる作品はあとで買って見返せるし、コマ止めして細かなところまで見ればいい。あとは、流されるままに、感動していればいい。

二〇一四年に大ヒットした『アナと雪の女王』は、何度も映画館に行く人が大勢いた。繰り返し観るから、小さい子でも、あの複雑な歌を覚えてちゃんとそのとおりに歌う。振り付けもマスターして、見事にまねっこする。大人が大喜びでほめるので、どんどんやります。ディズニーランドには、アナやエルサの格好をした女の子がたくさん歩いていました。しかもメッセージがレリゴーです。「私は自由よ、なんでもできる」! 解放感ありまくりです。でも……「ありのまま」っていうけど、その「ある」ものって、なんなんでしょう。

人間は、何かを受け取るのに、たいていの場合、多くを視覚に頼るわけです。見た目の印象というのは圧倒的だし、パッと目を向けると、すぐに入ってくる。ガチャピンの生みの親である野田昌弘先生が、『スター・ウォーズ』を初めて観たとき「SFは絵だねぇ!」とおっしゃったのは有名ですが、SFじゃなくても絵です。いま、子ども向きの小説は、かわいい絵がついてなければまず売れません。イラストつきの登場人物一覧がないと、どんなキャラなのかわからないから読めないじゃないかとおしかりを受けてしまいます。

漫画家のとり・みきさんは、コマケン、つまり小松左京研究会のメンバーだったぐらいで、若い頃から根っからのSFファンですが、ずっと昔、こんなことを言っていました。自分は挿絵の仕事をよくするけれど、本当はものすごく好きな作品には挿絵はほしくないんだと。表紙ぐらいならまぁいいけど、いろんなシーンに誰かが描いた絵がついていると、自分が好きなようにイメージを膨らませられないなと思う、と。誰かがあてがってくれたイメージがないとわからないというのはもったいないですよね。本当は、自分で、好きに想像できるのに。

小説は、言葉が並んでいるだけ、活字が並んでいるだけのものです。読むには、読解力や経験がいります。音のように「いやおうなく聞こえて」はこない。マンガや映像のように、強い魅力で目を奪ったりしない。日本語がわからないと楽しめない。淡々と、地道に、一文字一文字、読み進めないといけない。

本なんか読まない、そもそも活字を読むことがいやだ、めんどくさい、という人も大勢います。なのに、「二十年後も通用する小説」と氷室さんは言いました。それは、いま売れること、爆発的にはやることを望まない、望んではいけない、実はそういうメッセージだったのかもしれない、といま考えています。

うちの娘は小学五年生、十歳です。いま、『ガラスの仮面』（以下、『ガラかめ』と略記）に熱中しています。娘の小学校の音楽会は気合が入っていて、合奏曲でリコーダーを吹いて合格したら、好きな楽器にチャレンジできるそうです。娘は鉄琴をやってみたいと思って手を挙げたのですが、もう一人やりたい人がいて、二人でオーディションになり、負けてしまった。がっかりしているので、「そーかー、オーディションか……いや、あのね、こんな作品があるんだけど」って、『ガラかめ』を教えた。いや、はまってます。蚕が桑の葉にむしゃぶりつくような勢いで読んでます。止まらないみたいですが、長いので、一日では読みきれない。学校から早く帰って続きを読みたい！と思うようです。言うんです。「昭和な絵だー！」って。そうは思うんですね。でも、面白い。続きを読まずにいられない。本当にすごいものには、破壊力みたいなものがあります。「なんか古いな」とか「わちゃーってとき、目が白くなるのコワイよー」とか、いろいろ抵抗があっても疑問があっても、面白さが、そんなものは粉砕してしまう。

『ガラかめ』なんかは、発表当時から爆発的な人気作品で、まだ完結もしてないけれど、間違いなく不朽の名作です。マンガが叩き出す数字というのは、小説とは比べものにならないです。『名探偵コナン』や『ONE PIECE』は何十巻もあって、まだまだ続いている。アニメ・映画・イベントと、たくさんメディア展開もしていく。なんてうらやましい！　もちろん、そういうふうになれたらいいなぁとも思うのですが。

ある種の小説の場合、時間をかけてじわじわということがあるのかもしれない。ベストセラーじゃなくて、ロングセラー。日本の人口は一億ちょっとで、少子高齢化で生まれてくる子どもの数は減っているわけですが、毎年、百万人くらいの子どもが小学校に入り、百万人ぐらいが「十五歳」になる。百万分のであっても、その子にとっては、十五歳でいるのはその一年限りで、一生に一回限りです。

そのとき、めぐりあうべき本がある。そのときでなければ、響かない何かがある。百万人いる十五歳のうちのほんの少し、一握り、パーセントの数字にならないぐらいのほんの誤差ぐらいの人数でも、ゼロではない。「この本を読んで、好きになって、がらっと変わった。その後が決まった」みたいなことがある。

百万人いる十五歳の千人に一人だとすると、千人、ですか。毎年千人ずつ、今年も千人、来年も千人……あちこちに、「この本を好きな人」が現れてくるとすると、十年かかってやっと一万人なんですけど。十年間かかってたった一万部しか売れなかったら、それで食べていくのは、まあちょっと無理ですが。

少女小説は、もしかしたら、そこを、狙うべきなんじゃないか。氷室さんが生きていたら、ぜひ、聞いてみたいところです。「いまの売り上げとか人気に左右されるな」って、つまりそういうことだったんですかって。

6　いま改めて少女小説の可能性を考える

「属しているところ」の問題だと先ほど述べました。

どんな家族に、どんな境遇に生まれてくるのか、人は選ぶことはできません。現実の暮らしで周りを見回すと違和感しかない、「ここじゃない」と感じてしまう人がいるかもしれない。リアルにそばにいる誰よりも、大好きな本の登場人物がいちばん身近で共感できる相手であるような、その子を親友だと思うことで生きていくことができるような、そんな時期が、ある種の少女にはあるのだと思います。あるいは、オタクには。

もちろん一人で好きに空想していることもできますが、本を媒介にすれば、孤独ではない。同じその本を自分と同じぐらい大好きな人が、きっとどこかにもいる。過去かもしれないし、未来かもしれないし、外国かもしれないし、性別が違うかもしれないけど。もう一人の自分みたいな人がいる。

夜空の星のようにぽつんぽつんとしかいないけど、でも一緒にいる。ある特別の「次元」で見ると、みんなが同じところにいられる。その「村」を発見して、そこに行けるようになれば、居場所ができる。リアルな人生でどんなにつらいことがあっても、「村」に帰れば、一人じゃない。幸福でいられる。星と星ぐらい遠くかもしれないけれど、ワープすれば届くところでつながっていられるから、いろんなことに耐えられる。生きていくことに、意味が見いだせる。

　というか、そういう本がある。それは、あっけなく消費していつ消えてもいいやという扱いをしてはいけない。売れないからこんなもの廃盤にしちゃえ、と捨ててはだめ。アーカイブにとっておいてほしい。誰かの必要があったら、手に取ってもらえるところに置いておいてほしい。

　心臓発作を起こした人がいたら使う救急救命用具にＡＥＤ（自動体外式除細動器）があります。素人《しろうと》でも、あわてず、書いてあるとおりにやれば、人を救える、いわば、あれみたいなものだと思うんですね。必要なときがくるかもしれない。そのとき、ないと困るし、「ある」ことはみんな知ってたほうがいい、みたいな。なんか必要そうになった人がいたら「ほら、あそこにあれがあるよ」って思い出してあげたらいいな、みたいな。

　そういう本を、どんな子でもいやおうなしに目に入るようなところに置いておくのは、たぶん無理だと思います。「そこ」は、そのときどきの流行のもの、商売されているものであふれかえっていますから。きっとコンビニにはないだろうし、コマーシャルもしない。

　でもいまなら、ブログで誰かが「私は若い頃、すごく落ち込んだとき、これを読んですっごいはげまされました」みたいなことを言って話題にすると、それがたまたま目にとまった人が手に取る、みたいなことが起きるかもしれない。ですから、面白くて、誰にでもわかりやすくて、よくできたもの、作り込まれたもの、どメジャーに成功しているものばかりじゃなく、「なんかへんなもの」「気になるもの」「古風だし地味だしいまさらなもの」「でも、これを、これこそを、必要としている子がいるかもしれないもの」などにも、小さなニッチを与えてほしいと思うんですね。みんながみんな商売のことばっかり考えてると、そういうのが絶滅しちゃうんじゃないかって、ちょっと、心配なんですね。

ハワイのカヒコのように、伝統的で普遍的でルーツがしっかりしているもの。はやりものじゃなく、何かの安易なまねっこじゃなく、オリジナリティーがあるもの。そういうものは、研究者の人たちのものとして保存しておくのではなく、博物館の標本箱に飾っておくのではなく、ちゃんと使えるところにあってほしい。ちょっと探せば、そんなに苦労なく見つけることができるところに、ぜひあってほしいものです。

いまはどうかわかりませんが、私が関わっていた最後の頃、コバルトは生鮮食料品みたいでした。売り出してすぐはちやほやして目立つところに置いてくれるけど、たちまち鮮度が落ちる。ある期間売れなかったら、さっさと返品されます。増刷がかからないと知らないうちに絶版になりました。いろんなものと棚を争っていたので、毎月必ず何点は新刊を出さなきゃならないというノルマが決まっていました。作家もすごく増えました。いいものをきちんと育てて、みんなで大切にしようとはしていなかった。そんなふうだと、作家やっていくのはほんと大変です。誰だって、食べていかないといけない、生きていかないといけないので。

「エバーグリーン」で「オールデイズ」な「ロングセラー」を作ろう！みたいな提案を、もっと真面目にできればよかったんですけど。あとから考えれば、バブルの時期とかすごいチャンスだったんです。資金的にもみんなの気持ち的にもゆとりがあったわけですから。そういうときこそ、長期的な発想ができたらよかったのになぁと思います。どんなに時代が変わろうとも、必ず誰かに読んでもらえて、すごく好きになってもらえるような作品を、私自身も、もっとたくさん書きたかった、書き残すことができていればよかったのになぁ、とも思います。現役なので、これからがんばらないといけないんですが。

私自身は、氷室さんにずばり指摘されたとおりに、軽佻浮薄というか、行き当たりばったりなタイプなんですね。つい、ウケを狙ってしまう。そうじゃなく、わが内なる永遠の少女に向けて——クラスメートとかと気持ちが通じず、全然仲良くできず、一人、木陰で地味に本を読んでいるしかなかった、そのときの私が「次に何読もうかしら?」って思うときに、「こんなのあるよ、どお?」って差し出せるような、そんな本を生涯に一冊ぐらいは、書きたいものだなぁと思います。

さて、話の最後に、人さまの前でお話をするときによくやることをしたいと思います。会場のみなさまがたに、おうかがいします。質問は三つです。「好きな色はなんですか？」「好きな動物はなんですか？」「好きなスポーツはなんですか？」

このそれぞれに、理由を三つずつ考えてください。「昔から好きだから」とか「似合うから」とか「なんとなくいい」みたいな雰囲気の回答じゃなくて、なるべく具体的に考えて突き詰めてみてください。自分はなんでそれを好きなのか。なぜほかのものじゃなく、それでなくてはならないと感じるのか。そこが大事です。

大橋崇行さん。好きな色はなんですか？

「青ですね」

なるほど。理由は？

「大きく広がる空みたいな感じが好き。あと、部屋のものはほとんど青にしているでしょうか。なんか青い環境って、落ち着くんですよね」

ふむふむ。なるほど。じゃあ、そちらの方。好きな動物はなんでしょう？

「猫です。めんどくさくないのがいいです」

ふむふむ。では、そちらの方。好きなスポーツは？

「スポーツ……あのう、動物じゃだめですか。猫が好きだって、答えたかったんですけど」

おやおや。あらまあ。スポーツには興味がない！ということでいいですか？　いやあ、学問を専門でなさる方は、ぜひ、意識的に運動したほうがいいですよ。脳味噌を鍛えるには運動がいちばんらしいですし。

えっと。種明かしね。何を選んだかはどうでもいいんです。「理由」が大事。

好きな色が象徴するのは、自分、理想のセルフイメージです。好きな理由は、あなたが自分をこういうやつにしようとしているもの。大橋さんは自分大好きなんですね（笑）。動物は、異性です。まぁ同性でもいいんですが、つまりどういう相手に恋をしてしまうかということ。恋愛対象に求めること。猫の人、「めんどくさくない」でしたね！　スポーツは、もう予想がついているんじゃないでしょうか。恋愛における肉体的な関係に対してどう考えているか、です。

昔、とある女子校に講演に行きました。事前に全校にアンケートをお願いしまして、教職員の方々にも同じ質問に答えていただいた。女子高校生のみなさんがたの答えが圧倒的に似通っていたんですね。好きな色「青」がダントツで、六割ぐらい。しかも理由として「清潔感がある」「きちんとした印象」「人に好感を持ってもらいやすい」みたいな感じの答えが目白押しだったんです。他人からどう評価されるか、気にしているんだなという。どんだけ名門女子高のいい子ちゃんたちなんだ！って感じでしたが、なかには、いるんですね、好きな色、黒、なにものにも染まらないから、みたいな子が。そういう子が、青を好きな子たちばっかりいる真ん中で、いったいどんな青春を送るんだろう？と考えると、小説が書けるわけですね。ちなみに好きな動物は「犬」が圧倒的で「忠実」「いうことをきく」「絶対に裏切らない」「残飯を食べてくれる」なんていうのもありました。この子たちが彼氏になってくれるだろう男の子に求めるのがなんなのか、ものすごくよーくわかるでしょ？　ちなみに校長先生のスポーツの答えは「相撲、勝負が早い」でした。

ご静聴ありがとうございました！

参考文献一覧

久美沙織『コバルト風雲録』本の雑誌社、二〇〇四年
酒井順子『負け犬の遠吠え』講談社、二〇〇三年
上橋菜穂子『鹿の王』ＫＡＤＯＫＡＷＡ、二〇一四年
『魔女の宅急便』監督：宮崎駿、一九八九年
『ラブライブ！』TOKYO MX系、二〇一三年
『アイカツ！　アイドルカツドウ！』テレビ東京系、二〇一二年

『ふたりはプリキュア』シリーズ、テレビ朝日系、二〇〇四年―
『美少女戦士セーラームーン』テレビ朝日、一九九二―九三年
ウィリアム・ゴールディング『蝿の王』平井正穂訳（集英社文庫）、集英社、二〇〇九年
ジュール・ヴェルヌ『十五少年漂流記』椎名誠／渡辺葉訳（新潮モダン・クラシックス）、新潮社、二〇一五年
モンゴメリ『赤毛のアン』村岡花子訳（「シリーズ・赤毛のアン」第一巻）、ポプラ社、二〇〇九年
ルイザ・メイ・オルコット『若草物語』上・下、海都洋子訳（岩波少年文庫）、岩波書店、二〇一三年
ローラ・インガルス・ワイルダー『大草原の小さな家』こだまともこ／渡辺南都子訳（講談社青い鳥文庫〔大草原の小さな家シリーズ〕）、講談社、二〇一二年
久美沙織『丘の家のミッキー』（集英社文庫コバルトシリーズ）、集英社、一九八四年
吉田秋生『海街diary』（flowersコミックス）、小学館、二〇〇七年―
『アナと雪の女王』監督：クリス・バック、二〇一三年
『スター・ウォーズ』監督：ジョージ・ルーカス、一九七七年
美内すずえ『ガラスの仮面』（花とゆめcomics）、白泉社、一九七六年―
青山剛昌『名探偵コナン』（少年サンデーコミックス）、小学館、一九九四年―
尾田栄一郎『ONE PIECE』（ジャンプ・コミックス）、集英社、一九九七年―

一九八〇年代の少女小説作家

氷室冴子

　本名、碓井小恵子。一九五七年一月十一日、北海道岩見沢市生まれ。二〇〇八年六月六日、肺がんで亡くなる（満五十一歳没）。藤女子大学国文科卒。一九七七年、大学生のときに『さようならアルルカン』で集英社の第十回小説ジュニア青春小説新人賞佳作入選でデビュー。代表作に全十巻の人気シリーズ『なんて素敵にジャパネスク』シリーズ（〔集英社コバルト文庫〕、集英社、一九八四―九一年）、『銀の海　金の大地』シリーズ（〔コバルト文庫〕、集英社、一九九二―九六年）がある。また、徳間書店のアニメ雑誌「アニメージュ」に連載した『海がきこえる』（一九九〇―九一年）が九三年にスタジオ・ジブリからアニメ化されている。主人公は高知から東京に出てきた大学生の杜崎拓で、彼の高校時代の思い出やその同級生たちのいまを、実家の自分の部屋でよく聞いた海の音を思い出しながらノスタルジーとともに彼自身が語る。読者も自分の若い頃を懐かしく思い出しながら、切ない気持ちになれる物語である。

『ざ・ちぇんじ！――新釈とりかえばや物語』（前・後篇〔集英社文庫コバルト・シリーズ〕、集英社、一九八三年）は、古典『とりかへばや物語』を下敷きにして書いたもの。原作での活発で少年のような容姿を持つ姉である姫と、病弱でなよなよとした若君の、容姿だけはまるで双子のようにそっくりな姉弟が、周りに内緒で入れ替わるという展開はほとんどそのままだが、『ざ・ちぇんじ！』では、登場人物の綺羅姫が「いっぱつ、どかんとヤキを入れてやんなきゃ」といった発表当時の若者言葉を使っている。『なんて素敵にジャパネスク』でも、主人公の気が強い名門貴族の姫君である瑠璃姫が、何かあるたびに「おととい、来やがれ」とお決まりのセリフを言い放つ姿が描かれている。お姫様にはそぐわない現代的な乱暴な言葉遣いだが、それによって古典ものが苦手な読者でも、漫画的なコメディーの展開のようにテンポよく、面白く読める作品である。

（堤早紀）

新井素子

　一九六〇年八月八日、東京都練馬区生まれ。両親ともに出版社に勤務していた。七七年、東京都立井草高校在学時に「あたしの中の……」で第一回奇想天外SF新人賞に佳作入選。選考委員は星新一、小松左京、筒井康隆。星新一がこの作品を絶賛し、少女の一人称での語り口が、それまでにない新しい世代の登場だと褒めたたえるものの、小松左京、筒井康隆は、文体の幼さや話の展開がご都合主義であること、また「マンガの吹き出し的なセリフ」がうまく生かせていないと指摘している。この少女の一人称という新井の語り方は高橋源一郎によって「新口語文」と名付けられ、のちの少女小説やライトノベルの語りにも大きな影響を与えていく。

デビュー作『あたしの中の……』(〔集英社コバルト文庫〕、集英社、一九八一年)は、女子高生である田崎京子の語りで進められる短篇小説。宇宙船で地球の調査にきたヴェネという星の住人であるエクーディとその仲間が、地球を宇宙人から守るために結成された地球連合軍という軍事組織に一方的に攻撃され、宇宙船を破壊されてしまう。エクーディは仲間に救援信号を送るものの、地球で助けを待つ間に、容赦なく地球連合軍に命を狙われる。エクーディは偶然、近くで起きたバス事故で死んだ田崎京子の体に乗り移って救援を待とうとする。その事故で同じく死んだ新聞記者である森村一郎の意識も田崎京子のなかに入ってしまう。そのショックからエクーディは記憶を失い、なぜ自分が命を狙われているのか、自分が誰なのかもわからずに、命を狙われるたびに、巻き添えを受けて死んだ青年や恋人たちの意識と次々と同化する。互いに助け合いながら、エクーディとしてではなく、いくつもの意識を持つ田崎京子として地球で生きようとする。前述の小松左京、筒井康隆が指摘するような幼さはほとんど感じられない。発表当時、少女の一人称という語りが、慣れない人には幼稚な印象を与えてしまったのだろうか。ほかに、『星へ行く船』全五巻(〔集英社文庫コバルトシリーズ〕、集英社、一九八一—八七年)や『……絶句』上・下(早川書房、一九八三年)などの作品がある。

(堤)

久美沙織

本名は波多野(旧姓:菅原)稲子。一九五九年四月三十日、岩手県盛岡市生まれ。上智大学文学部哲学科卒業。七九年、山吉あいのペンネームで「水曜日の夢はとっても綺麗な悪夢だった」でデビュー。代表作には『丘の家のミッキー』シリーズ（集英社文庫コバルト・シリーズ）、集英社、一九八四―八八年）に『鏡の中のれもん』シリーズ（集英社文庫コバルト・シリーズ）、集英社、一九八九―九一年）などがあり、また、人気ゲーム『ドラゴンクエスト』（エニックス、一九九〇―九六年）などのゲーム作品のノベライズも手がけている。このほか、エッセーなど著作多数。

『丘の家のミッキー』シリーズは全十巻の人気シリーズであり、イラストには漫画家でもあるイラストレーターのめるへんめーかーを起用。東京の伝統ある名門女子校の華雅学園中等部三年生である浅葉未来《みく》が物語の主人公であり、語り手である。彼女は中学三年生のときに、父親の独断で、三番町のマンションから葉山にある一戸建ての家に引っ越すことになる。華雅学園の有名人が集まる権威あるソロリティーに所属していることが自慢だった未来は、大好きな先輩や友達がいるソロリティーを脱退し、華雅学園を転校することが悲しくて父親とけんかをしてしまう。新しい学校では、未来はいつまでも、お嬢様学校からきたいけ好かない転校生扱いされ、華雅学園にももう未来の居場所はなく、家でも父親のしたことが許せない。どこにも自分の居場所がないと落ち込む未来だが、落ち込んだままではつまらない、まずはいまいる学校で、クラスメートとして認めてもらおう、それから、けんかしてしまった華雅学園の親友であるトコこと逆井琴子とも仲直りして、自分の父親とも仲直りをしよう、と少しずつ前向きになっていく。少女が自分には理解できない人や、自分ではどうにもならない物事の壁に突き当たったときに、人との対話を避けず、何とか理解しようと、乗り越えようとしながら成長していく姿を描いた物語。

（堤）

田中雅美

一九五八年一月十七日、東京都生まれ。中央大学文学部フランス文学科卒業。七九年、大学在籍中に「夏の断章」で第十二回小説ジュニア青春小説新人賞を、また「いのちに満ちる日」で第七回小説新潮新人賞を受賞する。代表作には『真夜中のアリス』シリーズ（集英社文庫コバルト・シリーズ）、集英社、一九八五―八九年）や『赤い靴探偵団』シリーズ（集英社文庫コバルト・シリーズ）、集英社、一九八七―九一年）がある。

『真夜中のアリス』シリーズは全六巻で、二〇〇二年に人気イラストレーターである竹岡美穂のイラストで再度文庫化されている。東京にある私立西条学園高校を舞台として、そこに通う高校生のカップルが学校で起きた事件を解決していく青春ミステリー。毎巻、探偵役のカップルが変わる。第一巻『謎いっぱいのアリス』では二年生で写真部に所属する河村幸と上岡慎のカップルが、事件の謎を解決していく。『赤い靴探偵団』シリーズは全九巻で、東京にある如月高校に通う高校一年生の雪村奈々が主人公である。ミステリー研究会に所属していて、学校や旅行先で起きる事件の謎を、同じ研究会の仲間と一緒に解決していく。どちらのシリーズも、ユーモアにあふれた等身大の高校生たちの会話のパートと、事件の真相部分で描かれる彼女たちの醜いドロドロとした感情描写のパートに大きなギャップが存在している。誰もが高校生のときに経験したような恋愛のいざこざが事件のきっかけとなっているものの、読後は甘くせつないさわやかな青春小説となっている。

ほかに変わった作品として『笑っていいとも！殺人事件』（［Sankei novels］、サンケイ出版、一九八六年）がある。『笑っていいとも！』（フジテレビ系、一九八二―二〇一四年）の本番中に、テレフォンショッキングのゲストである歌手の萩野すずかが爆弾で死亡するという事件が起こり、タモリが探偵役となって犯人を探すというもの。もちろん、登場人物や事件などはフィクションである。タモリのひょうきんなキャラクターぶりがよく描けていて、近年終了した同番組が懐かしく思い出される。巻末の氷室冴子との対談では、氷室が作品のなかのタモリのハードボイルドぶりを絶賛している。（堤）

藤本ひとみ

一九五一年、長野県飯田市生まれ。八四年に「眼差」で第四回コバルト・ノベル大賞を受賞してデビューした。近年では時代小説や、『皇妃エリザベート』（講談社、二〇〇八年）など詳細な西洋史の取材に基づく歴史小説で知られているが、八〇年代から九〇年代にかけては、集英社文庫コバルトシリーズで活躍している。

代表作となった〈まんが家マリナ〉シリーズ（［集英社文庫コバルトシリーズ］、集英社、一九八五―九五年）は、売れない少女マンガ家の池田麻理奈が、さまざまな事件に巻き込まれていくコージーミステリー。マリナを取り巻く美少年キャラたちが人気を博し、劇場版アニメ『愛と剣のキャメロット まんが家マリナタイムスリップ事件』（監督：石井文子、一九九〇年）は、その集大成ともいえる。

一方、〈ユメミと銀のバラ騎士団〉シリーズ（〔集英社文庫コバルトシリーズ〕、集英社、一九八九―九三年）は、三宇宙四精霊の聖宝のひとつである月光のピアスがくっついてしまった佐藤夢美が、その力のせいで狼、猫、鷹に変身してしまう高天宏、光坂亜輝、冷泉寺貴緒とともに銀のバラ騎士団として、失われた聖宝の奪還を目指す。ドイツを舞台に中世の魔女狩りを題材にした小説で、のちに一般文芸に転じて以降の歴史小説との接続を見いだせる作品である。

しかし、藤本ひとみ作品のなかでぜひ推したいのが、『リング・どりいむ――女子プロレスは華やかに』（〔集英社コバルトシリーズ〕、集英社、一九八五年）。長与千種とライオネス飛鳥による全日本女子プロレスのタッグチーム・クラッシュギャルズの全盛期に、当時の女子プロレスラーを意識したレスラーが次々に登場する女子プロレス小説を書いているのだ。いわゆる「戦闘美少女」はアニメ版の『美少女戦士セーラームーン』（テレビ朝日系、一九九二―九七年）で定着するわけだが、このテーマは一九八〇年代の女子プロレスを抜きにして語ることはできないだろう。少女小説でのジェンダーの問題の扱いとしても、非常に注目される一冊である。

（大橋崇行）

花井愛子

一九五六年、兵庫県神戸市生まれ。広告制作会社に入社後、コピーライターに転身し、二十七歳で独立。八七年の講談社X文庫の創刊に企画の段階から関わり、自身も少女小説作家としてデビューする。その後、次々に著作を刊行して総売り上げ二千万部を達成、「少女小説の女王」と称された。

デビュー作『一週間のオリーブ』（〔講談社X文庫ティーンズハート〕、講談社、一九八七年）は、「宮さまのお妃候補」になってしまった高校生の久遠寺由布子が、「プリンセスにならなかったら、どんな青春をしてるか」ということで、一週間の「家出」をして北海道に向かったところ、イケメンの北海道大学生である康則に出会うというストーリー。

また、『恋曜日』（講談社X文庫ティーンズハート）、講談社、一九八七年）は、部活で作った料理をその日のうちに恋する相手に贈って受け取ってもらえると、二人の仲がうまくいく……という、冷泉学院女子部・料理クラブのジンクス「恋曜日」を、中学三年生の大沢瞳が、一歳年上の吉村寿人に仕掛ける。

ともに、同じ時期の集英社文庫コバルトシリーズに比べると格段に文章が口語的で、改行を多用した文章で書かれているだけでなく、より会話文を多くしたシナリオ的な書き方がなされている。また、かわちゆかりによる少女漫画イラストを用い、有名人の子どもやプリンセスを主人公に配置するという華やかな小説だったことも特徴だろう。

一方で、『山田ババアに花束を』（講談社X文庫ティーンズハート」、講談社、一九八七年）では、四十二歳の女性教師で、男性と付き合った経験がない山田正子と、フランス人の血を引く美少女で、男性経験もすでにある高校一年生の神崎瑠奈の二人が入れ替わってしまうというコメディー。流行をちりばめ、ライトな文体で書き進めるというそれまでのスタイルを引き継ぐ一方で、心が入れ替わってしまったことでそれぞれがお互いの意外な一面を発見するという仕掛けになっていて、表面的な書きぶりとは異なるレベルで花井愛子の作品を再評価していくことの必要性をうかがわせる。

（大橋）

唯川恵

一九五五年、石川県金沢市生まれ。八四年に「海色の午後」で第三回コバルト・ノベル大賞を受賞し、デビューした。九二年まで集英社コバルト文庫で活躍して八〇年代の少女小説ブームの後半期を担う作家の一人となる一方、『シフォンの風』（集英社、一九九一年）、『キスよりもせつなく』（集英社、一九九一年）などから一般文芸に転じ始め、『肩ごしの恋人』（マガジンハウス、二〇〇一年）で第百二十六回直木三十五賞を、『愛に似たもの』（集英社、二〇〇七年）で第二十一回柴田錬三郎賞を受賞している。特に、『肩ごしの恋人』は米倉涼子の主演でテレビドラマ化（TBS系、二〇〇七年）されていて、「カタコイ」として記憶にある人も多いかもしれない。

コバルト時代の代表作といえば、まず何よりも、

〈ツインハートを抱きしめて〉シリーズ（〔集英社文庫コバルトシリーズ〕、集英社、一九九〇―九一年）を挙げなくてはならない。これは、ボーイフレンドの航がタレントとしてスカウトされたことで芸能活動を始めたために彼と距離を感じるようになってしまった平凡な高校生の千苑が、それをきっかけにさまざまな人たちと触れ合うなかで葛藤し、自分自身の夢を見つけるまでを描いた青春小説である。

このような青春小説は、最初の長篇小説である『青春クロスピア』（〔集英社文庫コバルトシリーズ〕、集英社、一九八五年）から、すでに垣間見えていた。これは、親友の弘美に説得されて強引にバスケットボール部のマネージャーにされてしまった七瀬の、部活動で起こるさまざまな出来事を通して揺れ動く心を描いた作品であり、いまのライトノベルというよりも、あさのあつこや森絵都などをはじめ、中・高生を想定読者としながらキャラクター小説ではない青春小説である、いわゆるYAの系譜にある作品が、この時期のコバルト文庫に少なからず含まれていたことを示している。この系統の作品としては、水泳部に所属する街子と沙保里のひと夏を描いた、『さよならコンプレックス』（〔集英社文庫コバルトシリーズ〕、集英社、一九八七年）なども、あわせて参照しておきたい。

（大橋）

正本ノン

一九五三年、北海道釧路市生まれ。七六年に脚本「ブルーサマーブルース」で第二回城戸賞準入賞、七七年に「吐き出された煙はため息と同じ長さ」で第十回小説ジュニア青春小説賞で佳作となって小説家としてデビューして以降、「小説ジュニア」（集英社、一九六六―八二年）や「Cobalt」（集英社、一九八二年―）を中心に活躍した。特にこれらの雑誌でブックレビューの記事を担当し、古今東西の文学作品や、SF、ファンタジーなどを毎月紹介しており、読者の小説リテラシーを編成する書評家としての役割を大きく担っていた。

少女小説家としての正本ノンは、非常に多様な作品の書き手である。たとえば『だってちょっとスキャンダル』（〔集英社文庫コバルトシリーズ〕、集英社、一九八一年）は、十四歳の錦小路可南と、ワイドショーの観覧にいったことをきっかけに突然SEX評論家になってしまった母親との関係を描く。また、一九八〇年代はじめに最も多く取り組んだのは、恋愛を題材にしたコメディータッチの青春小説だった。『失恋チャンピオン』（〔集英社文庫コバルトシリーズ〕、集英社、一九八一年）では、高校に入学して以来ひそかに憧れていた三年生・貴船の恋人が隣のクラスにいる増山美姫子だと卒業式の日に知ってから、「失恋チャンピオン」を目指そうと決意した「あたし（水木薫子）」の新学年のクラスに、転校生の衣笠英之がやってきてからのドタバタを描いている。また『誰かがどこかで恋してる』（〔集英社文庫コバルトシリーズ〕、集英社、一九八五年）では、「オレ（麻倉拓郎）」が、両親の会話から姉の珠野とは血がつながっていないと誤解し、姉に恋をしてしまうというストーリーである。

一方で、「昔の少女小説風」の作品と「あとがき」で称した『風物語in横浜』（〔集英社コバルトシリーズ〕、集英社、一九八三年）ではがらりと文体を変え、ヒロインである麻生朱鞠の内面を抒情的に描き出している。この作風は『海岸通り物語――Can you hear me??』（〔集英社文庫コバルトシリーズ〕、集英社、一九八四年）などに引き継がれており、ここに小説の書き手のとしての懐の深さと、正本ノンという作家の真骨頂があったように思われる。

（大橋）

ジュニア小説の盛衰と「少女小説」の復活
——一九六〇年代から八〇年代の読み物分析を中心に

嵯峨景子

はじめに

近年、少女小説の研究が盛んになり、少女小説が誕生した明治期から平成の今日に至る長い射程のなかで、その成立と変容を明らかにした論考が多く発表されている。[1] このように少女小説研究が充実しつつある昨今の状況にもかかわらず、いまだ考察が手薄のままにおかれている期間が残されている。それが戦後の一九五〇年代から八〇年代にかけての時期である。本稿が扱うのはこのうち六〇年代後半から八〇年代にかけてだが、そこでまず注目するのは、六〇年代後半にブームを築いた「ジュニア小説」というジャンルである。

ジュニア小説についての一般的な評価を簡潔に述べれば、次のようなものになる。すなわち、一九六〇年代に「小説ジュニア」[2] をはじめとする専門誌の出現によってジャンルとして成立し、ブームを築いたが、七〇年代に入ると内容的に古くさいとされるようになったことや少女漫画の隆盛が原因となって読者の支持を失った。またその過程で、内容にセックス描写を取り入れたことによって社会的なバッシングを受けたとされている。少女小説史でのジュニア小説の位置づけとしては、八〇年代以降、コバルト四天王と呼ばれた氷室冴子、久美沙織、正本ノン、田中雅美、これに新井素子を加えた若手作家が人気を博す以前の時代の、ティーンのための読み物として考えられることが多い。

本稿ではまず、ジュニア小説を書き手側の言説から捉え直し、作家がどのような意識のもとで創作をおこなっていたのかを明らかにしていく。特にここでは、ジュニア小説におけるセックス描写にまつわる議論をクローズアップする。なぜ、セックス描写の議論に着目するのか。それは、この議論が当時の若者の性に関する倫理的な争点にとどまらず、作家がどのように読者を捉え、またどのような意義を込めてジュニア小説の執筆をおこなっていたのか、より普遍的な問いへと通じているものだからである。そして本稿後半ではジュニア小説の衰退以後の時期を扱うが、ここで焦点を当てるのは氷室冴子である。氷室は、ジュニア小説作家が描こうとした「生きた人間」や「思春期の青年男女の愛と性」の世界ではなく、「少女」というテーマを浮上させ、一度は断絶していたかつての少女小説の精神を継承した人物である。氷室はジュニア小説全盛期にはすでに過去のものになっていた「少女小説」という言葉を意識的に復活させて使った作家だが、ジュニア小説家たちのように青春文学を指向するのではなく、女の子のためのエンターテインメント小説というジャンルの開拓へと向かい、一九八〇年代の少女読み物をリードした。ジュニア小説のブーム期から、氷室が次の時代へ新しさを示した時期までを考察することで、戦後から今日に至るまでの若い世代の読み物をめぐる状況の一端を示したい。

1　ジュニア小説の盛衰とその射程

男女共学実施と「男女交際」のモチーフ化

議論を始める前に、この時代の背景として、第二次世界大戦後の少女雑誌や読み物をめぐる状況を確認しておきたい。戦前の少女小説で人気を博したのは少女同士の友愛（エス）を描いた物語だった。代表的なものとしては、吉屋信子の『花物語』[3]や川端康成の『乙女の港』[4]などがある。

戦後、一九四七年に教育基本法が制定され、学校教育で男女共学が実施されていく。少年少女をめぐる環境が大きく移り変わっていくこの過程で、少女雑誌のなかで「男女交際」がタブーではなくなり、小説のモチーフとして取り入れられるようになる。こうした状況のなかで戦前から発行を継続し、三〇年代（昭和十年代前後）の少女小説全盛期を支えてきた二大少女雑誌「少女倶楽部」（大日本雄弁会講談社）と「少女の友」（実業之日本社）はその変化に十分に対応することができず苦戦を強いられることになる。結局、「少女の友」は五五年六月に、また四六年四月から「少女クラブ」と改題した「少女倶楽部」も六二年十二月で廃刊を迎え、戦前からの少女雑誌は姿を消していく。

入れ替わるように人気を得たのは、戦後に創刊された新進の少女雑誌だった。一九五〇年四月創刊の「女学生の友」（小学館）は、男女交際、ファッション、スターのゴシップを取り上げ、急速に部数を伸ばしていった。[5]「ジュニア小説」という用語が初めて用いられたのもこの雑誌で、初出は「女学生の友」の一九五八年六月号だったとされている。[6]このように「ジュニア小説」という用語は五〇年代の時点ですでに用いられていたが、本稿では専門誌が創刊された六六年以降をこのジャンルの成立期と捉えて議論を進めていく。

一九六六年から六七年にかけてのジュニア小説ブームとその状況

ジュニア小説とは一般に十代の読者、特に女性読者を対象とした青春小説で、戦前の少女小説とは異なり男女間の愛や性の描写もおこなった点に特徴が見られる。代表的な作家として富島健夫、佐伯千秋、三木澄子、諸星澄子、津村節子、吉田とし、川上宗薫、森一歩などが挙げられる。

一九六六年三月に初のジュニア小説専門誌として「小説ジュニア」（集英社）が創刊され、このジャンルを牽引していった。創刊号には富島健夫の長篇小説『制服の胸のここには』が巻頭掲載され、好評を博した。最初の二号[7]は季刊誌と銘打って発行されたが、売り上げが好調であるため一九六六年八月号から月刊誌化され、後年に至るまでこのジャンルの代表的な雑誌として存在することになる。のちのジュニア小説ブームの退潮以後、多くの雑誌が廃刊したなかで唯一発行を続けたのもこの雑誌だった。

ジュニア小説ブームの先駆けとなったこの「小説ジュニア」はどのような経緯のもとで創刊されたのだろうか。集英社は一九六二年十一月、結婚適齢期のミスとヤングミセスのための生活誌「女性明星」を創刊するも苦戦、六六年七月で終刊となった。終刊の一年前、六五年七月から「女性明星」は読者対象をハイティーンに落とし、判型もB5判に変更するなどさまざまな試みを重ねたが、その模索のなかで付録につけた文庫判の青春小説集が好評だったために、ジュニアに向けた青春小説雑誌の発想が生まれ、そのコンセプトをもとにして六六年三月に「小説ジュニア」が創刊された。また、同誌創刊の時期と前後して六五年には小説を刊行するレーベルとしてB6判のコバルト・ブックスが創刊されていて、雑誌と書籍が連携して青春小説の分野を開拓した。(8)「小説ジュニア」の成功に刺激を受けるように、以後多くのジュニア雑誌が創刊された。「小説ジュニア」に続いて創刊されたのが「ジュニア文芸」（小学館）である。一九六七年一月創刊、一九七一年八月号で休刊と発行期間はそれほど長くはないが、「小説ジュニア」のライバル雑誌としてしのぎを削った。「女学生の友」の別冊として六六年六月に「別冊女学生の友　オール小説」が発行されたのがもとになり、六六年に何冊か別冊として刊行されたのちに、六七年一月から「ジュニア文芸」として独立した雑誌となった。「ジュニア文芸」は富島健夫の『おさな妻』(9)が連載された雑誌で、また〝ジュニア小説の愛と性〟論を掲載するなどジュニア小説論争で重要な役割を果たした。

この二誌を中心にジュニア小説のジャンルは盛り上がりを見せ、一九六六年から六七年にかけてジュニア小説雑誌の創刊が相次ぐ。学習研究社からは「小説女学生コース」が六七年一月に創刊、(10)旺文社発行の「ジュニアライフ」が六八年五月創刊(11)というようにジャンルとしての広がりを獲得していった。一九六八年八月二十九日付の「朝日新聞」に掲載された記事「隠れたベストセラー　ジュニア小説　学園舞台の純愛もの」には、「三冊〔「小説ジュニア」「ジュニア文芸」「小説女学生コース」：引用者注〕で月六十万から七十万」とジュニア小説誌の発行部数が記され、雑誌の好調な売れ行きとジュニア小説というジャンルの盛況ぶりを伝えている。

一九六九年前後からの性描写の増加と社会問題化

前述の「朝日新聞」記事「隠れたベストセラー　ジュニア小説　学園舞台の純愛もの」のなかでは、ジュニア小説の特徴が説明されている。そこには「ジュニア小説の愛情表現はキス、それも〝きれいなキス〟が限度。これ以上が現れると読者から非難されるそうだ」とあるように、一九六七年時点では学園舞台の純愛ものを主としたジュニア小説のなかに、後年バッシングを受けることになるような「行き過ぎた」性描写はまだ見られない。六六年の「小説ジュニア」を先駆けとして隆盛を見せたジュニア小説は、六八年の時点では「きれいなキス」止まりの「きれいな恋愛」を描いたジャンルとして認識されていたことを確認しておきたい。

「きれいなキス」止まりの純愛路線だったはずのジュニア小説に変化が生じるのは一九六九年頃である。この時期からジュニア小説のなかで性描写がおこなわれるようになり、またジュニア小説雑誌のなかでも男女交際や性についての記事が増加していく。

一九六九年八月から「ジュニア文芸」に富島健夫の『おさな妻』の連載が開始され、七〇年三月に単行本が出版された。『おさな妻』は高校生が人妻になるという設定で、初夜のシーンがあるものの、小説のなかでの性の描写は控えめで、また割合としても低い。しかし映画化・ドラマ化されるなどメディアミックスの話題性もあり、ジュニア小説の性描写の過激化の先鋒として富島はバッシングを受けることになった。

一九七〇年一月二十一日付「朝日新聞」の朝刊に「少女小説　セックスがいっぱい」という記事が掲載される。この記事はタイトルの過激さも相まって話題を呼び、また「朝日新聞」一九七〇年二月一日付朝刊でも「特集ジュニア小説と『性』」が組まれるなど、ジュニア小説のなかの性描写が社会問題として取り上げられていくようになる。こうした報道を受けて、ジュニア小説家から反論がおこなわれるなど、書き手側とメディアによる筆戦が繰り広げられた。

ジュニア小説のなかで、なぜ踏み込んだ性描写が急増していったのか。ジュニア小説の書き手による発言を読み解くなかでうかがえるのは、ジュニア小説家たちが「文学」を目指し、生きた男女の姿に迫るための不可欠な要素として性と愛の描写を捉えていたということである。

そうした認識のもと、ジュニア小説に最も「文学」を求め、また作者中心主義を主張した代表格が富島健夫だった。富島健夫はジュニア小説とは「十代の青春における諸問題をテーマとした小説である。「ジュニア」の主体は読者ではなく、作中人物である」[12]としていて、一九六七年の時点で「僕自身は、おとなの鑑賞にも耐えられる青春文学を書きつづけるつもりだ」[13]と記しているように、その姿勢は一貫していた。富島にとってジュニア小説とは「ジュニア層に向けた」小説ではなく、「ジュニア層を物語中の主題にした」小説であった。

とはいえ、ジュニア小説家のなかでも認識は一枚岩ではなく、その立場には違いが見られる。富島の見解とは対照的に、佐伯千秋は「ジュニア小説」をジュニア世代、特に女子中・高生を読者層とした小説と捉えている。「ジュニアむけ雑誌に、ジュニアたちが読者であることを意識して書かれる小説、と、私は思う。それで、描写については配慮を加えて書いている。だが、主題のつっこみ、人間像の形成は、充分に深く鋭くあるべきで、人間と人生の真実に根をおろしたものでなければならない」[14]とするなど、佐伯は執筆するときに「読者がジュニアであること」を踏まえたうえで配慮する。このように、富島健夫と佐伯千秋、ジュニア小説の二大作家は読者の捉え方と執筆姿勢は逆の立場である。ただし、佐伯もまたジュニア小説は青春期の男女がモチーフとなり、その世代の主たる関心は愛と性の問題であるという認識では富島と共通していて、性の描写はジュニア小説にとって大きなテーマだったことがうかがえる。

また多くのジュニア小説の書き手たちはジュニア小説を「青春文学」として確立すべきものとして捉えていた。そのためにはかつての夢と抒情の少女小説の世界ではなく、生きた人間の姿、性欲を持ったジュニアの姿をリアリティーをもって描き出す必要があると考えた。

「ジュニア文芸」では先述の「朝日新聞」の「少女小説　セックスがいっぱい」の記事を受けて、一九六九年十月から七〇年六月まで九回にわたってジュニア作家による「私はこう思う＝ジュニア小説の中の愛と性」という連載企画をおこなった。当時の代表的なジュニア小説家が寄稿したこの特集で（執筆順に名前を挙げると森一歩、富島健夫、三木澄子、中村八郎、諸星澄子、宮敏彦、佐伯千秋）、彼らがどのようにジュニア小説を捉え、また性描写と向き合っていたのかを確認することができる。

特集の先陣を切った森一歩は「そういうジュニアの欲求にこたえて、教育と文学の間から誕生したのがジュニア小説であるわけです[15]」と記し、文学ばかりではなく教育的な意義も示している。次に寄稿した富島健夫は森の教育的な意義に目を配った姿勢を中途半端な考えと批判し、作者中心主義を主張する。富島はあくまで自分が書きたいものを書き、十代という季節のさまざまな問題を取り上げ、そのなかには性と性欲、そして愛と恋の問題があり、そのため恋愛を描き性を取り扱うと主張する[16]。さらに中村八郎は「性と愛の問題はそのように大切で根源的な問題だから、当然、小説の主要なテーマとなるのである。だから、ジュニア小説でも、当然にそれが描かれねばならないのである」と述べ、「小説本来の願いである美しい質の高い恋愛小説は、いまはジュニア小説のなかにだけ脈々と受けつがれているようだ。ジュニア小説は立派な文学である[17]」とジュニア小説が文学であることを主張する。吉田としも「ジュニア小説が文学となるために、文学であるために、私はきびしく自分の作品をみつめたいと思う[18]」と文学へと向かう姿勢を示している。

ここまで見てきたように、ジュニア小説のなかのセックス描写増加の背景には、ジュニア小説を「文学」として確立しようという書き手側の姿勢が前提としてあった。そのためには生きた十代の姿を描写する必要があり、彼らの関心は愛と性の問題であるというのが書き手側のロジックであった。そこではかつての「少女小説」が批判すべき対象として認識され、その少女小説との対比をもってジュニア文学の特性が強調される。富島健夫は「ジュニア小説は文学か[19]」のなかで「かつての少女小説はデコレーション・ケーキだった。人間ではなく人形が書かれていたんです」と述べ「僕は与えられた場で、可能な限り文学性をこめた作品を書こうとしてきた」と自分の手がける小説は少女小説とは異なることを強調する。

ジュニア小説の書き手たちは、このように異性愛の描写に重きを置くことと並行して、「青春」という主題を、観念的にではなく実感を伴う日常感覚のなかで描き出すことを試みた。佐伯千秋は、やはりかつての少女小説と対比させながら、ジュニア小説とは思春期の愛や性、人間関係の悩みをありふれた少女のありふれた生活のなかで展開させていくものであるとする。[20]

しかしジュニア小説の書き手たちが追求した「身近で日常的な感覚」は実のところ、読者の「日常的な感覚」とは大きく隔たりのあるものだった。その原因はたとえば、富島健夫の一貫した姿勢に垣間見ることができる。「ぼくは今の十代の流行など、まったく知らない。ぼくの小説には、そんなものは必要ないのである。人間を描く。ただそれだけだ[21]」と語る富島の目線は、読者に向いたものではない。彼が追求しようとするのは、あくまで己の「文学」である。リアルな生活実感のなかで真実の青春男女を描くことを使命と捉えながら、書き手の目線は若年層のリアルそのものである少女たちに寄り添うことはなく、また目線が向けられてもあくまで教育の客体として捉えるものだった。金田淳子は当時のジュニア小説のなかで作者と読者の関係が、教師と生徒とのように非対称であり、少女読者は教育の客体として位置づけられていることを指摘している。[22]津村節子は「自分の体験した思春期の悩みを同じ年代の少女たちも悩んでいるのではないか、それを先輩として一緒に考え、話し相手になってやるつもり[23]」だったと記しているが、ジュニア小説は書き手の認識としては青春文学を目指し、機能としては人生の「先輩」の言として思春期のジュニア世代の悩みを解決するための手がかりという役割を担っていた。こうした構造のなかで、一九七〇年代以降に思春期を迎えた世代と書き手との視線は同じ高さになることはなく、感覚のズレは広がり続けていく。久美沙織が当時のジュニア小説について語った「そこに描かれている、高校生の会話とか、生活感覚とかが、どーもヘン。はっきりいうと「古い」。全然ピンとこない[24]」という言葉が象徴的に示すように、ジュニア小説と読者の間での日常感覚の齟齬は、この時期には埋めようもなくなっていた。

他方で、ジュニア小説の外部にも、ジュニア小説の衰微を促進させる一因となる潮流が生じる。それが一九七〇年代以降、少女漫画の世界で起こった大きな発展である。萩尾望都、大島弓子、竹宮惠子をはじめとするいわゆる二十四年組が登場、少女漫画のなかに文学性を有したテーマと表現を先鋭化させていく。女子中・高生はそれら少女漫画に飛びつき、その一方、少女の感覚とは合わないジュニア小説は支持を失っていく。多くのジュニア小説雑誌が七一年に廃刊となり、発行を継続し続けたのは「小説ジュニア」だけだったことは先に記したとおりである。またコバルト・ブックスの出版も七一年で終了するなど、この時期を境にジュニア小説は急速に退潮していく。

こうした状況のなか、ジュニア小説が低迷する一九七〇年代後半に、女子中・高生世代の読者層へ向けたジャンルを担う作家の一人として登場したのが氷室冴子だった。

2 〝少女小説家〟氷室冴子の出現

「少女」のための物語を書く

ジュニア小説ブームが後退し、多くの雑誌が廃刊を迎えるなか、残る「小説ジュニア」は刊行を継続しながら誌面の模索を続けていく。その試みのひとつが一九六九年に創設された「小説ジュニア新人賞」だった。のちに「小説ジュニア青春小説新人賞」と名称が変更されるこの賞には大賞と佳作が設けられ、「小説ジュニア」が終刊を迎えるまで十五回にわたって募集がおこなわれた。

氷室冴子もまたこの賞を契機にして、「小説ジュニア」の誌面に初登場する。一九七七年の「小説ジュニア」第十回青春小説新人賞佳作に『さようならアルルカン』が佳作入選する。このときの氷室の受賞の言葉のなかに、すでに彼女の志向を見て取ることができる。「テーマ的には、〝少女〟という言葉のもつ独特の雰囲気が好きなので、さまざまな〝少女〟を、自分なりに描いていこうと、意欲を燃やしています」[25]と述べるように、出発の時点で氷室は「少女」というモチーフに対して自覚的であることがうかがえる。

受賞作の『さようならアルルカン』は、美しくて早熟なアウトサイダーの少女真琴と、「私」の関係を描いた物語である。小学生時代から高校までの時間軸のなかで、「私」の目線で真琴に対するあこがれと幻滅が描き出されている。少女たちのナイーブな関係性や感情、張り詰めた自意識や孤独を硬質な文体でつづったこの作品に対し、久美沙織は「実際にその年齢に近いからこそ書ける、わたしたちの世代のキャラクターの、ヒリヒリするような日常。こーゆーのをもっと読みたい！」[26]と同時代読者にとって氷室の出現がいかに鮮烈だったのかを記している。

また氷室の初の著作となった『白い少女たち』は一九七八年十月、集英社文庫コバルトシリーズとして書き下ろされた作品である。北海道のミッション系女学校紅華学園、その寄宿舎フェリス舎が舞台として設定されたこの物語は「さようならアルルカン」同様、思春期の少女たちをモチーフにその友愛や葛藤を描いている。

この二作が示すように、氷室冴子の作品の主要なモチーフとなっているのは少女たちの関係性である。教室のなかで感じる孤独、持て余す自意識や感情。張り詰めた文体で鬱々とした内面を描くその作風は明快なエンターテインメント性とは異なるが、少女たちの心を捉え、共感を呼び起こすものだった。前節でみてきたように、かつてのジュニア小説では十代が直面する最も切実な問題を男女の恋愛と性として捉えていた。しかし、この世代の女の子たちの悩みは異性関係ばかりではなく、もっと多様な感性を持っていて、そんな心を満たしてくれる読み物を欲していることをジュニア小説家たちは見過ごしていた。氷室冴子はそこに登場し、「少女」というモチーフを浮上させ、少女同士の友愛や葛藤を主題としたことに新しさがあった。

古くて新しい「少女小説」

氷室冴子がもたらした新しさは、古い伝統を復活させた「新しさ」だった。氷室は少女同士の友情をモチーフに小説を描くだけではなく、意識的に「少女小説」、そして「少女小説家」という言葉を使い始める。氷室は少女小説の代表的作家吉屋信子について、女の子が女の子であることをそのまま祝福されている世界であると高く評価し、「女の子がなにものにも矯められずに生きられる世界を描くことで、私は無条件に自分の性の原型としての女の子を祝福したかったし、当時は死語になっていた〝少女小説〟という名称をあえて、そのころ自分が書きだしたジュニア小説にかぶせたのは、そのためだった」[27]と記す。氷室が「少女小説」「少女小説家」という呼称を用いたのは、吉屋信子や少女小説の伝統を受け継ぐ自負と意志を込めての戦略だった。

口語一人称の潑剌とした文体を用いた青春コメディーへと作風を変え、氷室の出世作となった『クララ白書』[28]には、吉屋信子をはじめとする昔の少女小説へのオマージュがちりばめられている。中学三年生の主人公桂木しのぶこと「しーの」は吉屋信子の本に出てくる寄宿生活に憧れを抱いてクララ寮に入寮するなど、少女小説愛好家として設定されている。しーのの口から出るのは吉屋の名前だけではなく、大林清や西條八十、北条誠といった「古い」少女小説家たちの名前である。過去のものとなった少女小説に言及するのは、いまでは忘れられているこのジャンルを当時の読者に印象づける意図があったと思われる。

氷室冴子があえて復活させようとした「少女小説」は、ジュニア小説家にとってはあくまで批判すべき過去の遺物だったことは先に記したとおりである。ジュニア小説家たち、もしくは社会一般にとって、少女小説とは感傷的でセンチメンタルな、お涙ちょうだいものの作品と認識されやすいものだった。しかし、氷室が吉屋作品に見いだしたのは、言ってみれば「少女の矜持」であった。吉屋は女同士の友情、日常のなかの悩みや衝突、友情を大切にする少女たちの誇りを描いた作品群を通して、男尊女卑が強い社会のなかで少女たちに自覚と誇りを持つことを優しく促している。氷室は少女たちへのそうした姿勢を、吉屋から受け継ごうとしたのだ。「かつての吉屋信子に代表される作家がになっていたもの――読者対象が女の子である娯楽小説を、手抜きでなく書く――という、そのことを、自分もやってみたかったからです」[29]と少女小説の伝統のうえに自らの執筆姿勢を位置づけている。

『クララ白書』は好評を受けて『クララ白書ぱーとⅡ』[30]『アグネス白書』[31]『アグネス白書ぱーとⅡ』[32]とシリーズ化され、いずれも集英社コバルトブックスから発行された。以後も氷室は潑剌とした女の子を描き、少女たちのためのエンターテインメントというジャンルを切り開く人気作家として躍進していく。

3 「小説ジュニア」から「Cobalt」へ

前節では氷室冴子の登場がもたらした変革を取り上げたが、ここで改めて「小説ジュニア」本誌での状況を確認していきたい。氷室の初期作品は「小説ジュニア」に掲載されるのではなく、一九七六年五月に創刊された集英社文庫コバルトシリーズという文庫への書き下ろしとして刊行されている。時折読み切り短篇が掲載されるものの、「小説ジュニア」本誌での氷室の登場は多くはなかった。こうした背景として、「当時の編集長は、文芸寄りのタイプの方で、少女小説といえば、佐伯千秋さんや富島健夫さんになるんですね。青春小説新人賞を受賞した作家も、書き下ろしなんてとんでもない、と雑誌にさえもなかなか載せてもらえない」[33]と編集部にいた田村弥生は証言している。

ここまで氷室冴子を中心にみてきたが、氷室だけではなく同時期に頭角を現していたほかの若手作家もまた、雑誌誌面には掲載されず、文庫書き下ろしでの作品発表が続いた。氷室の『さようならアルルカン』が発表されたのと同じ年に、新井素子が作家デビューを果たしている。新井素子は一九七七年、SF雑誌「奇想天外」が主催する第一回奇想天外SF新人賞に「あたしの中の……」が佳作入選し、現役女子高生作家として活動を始めた。新井素子が用いた「あたし」という一人称や少女の口語体を小説の文体として用いたことなど、新井の文体がのちに与えた影響の大きさは多くの論者が指摘するところである。八〇年七月に集英社文庫コバルトシリーズから書き下ろしの『いつか猫になる日まで』が発売され、また学研発行の「高一コース」に連載されていた『星へ行く船』は八一年三月、奇想天外社から発売されていた『あたしの中の……』は八一年九月と、新井素子の作品は集英社文庫コバルトシリーズとして刊行されていく。[34]

このように、一九六〇年代から執筆をしているジュニア小説家は「小説ジュニア」で変わらず重宝され、若手作家は誌面にはあまり載せてもらえず、作品は集英社文庫コバルトシリーズとして発売されるという時期がしばらく続いた。結果、本体であるはずの「小説ジュニア」本誌は不振だが、「コバルトシリーズは圧倒的に読まれている（富島健夫）[35]」という書き下ろし中心の文庫が雑誌を凌ぐ状況が生まれた。

こうした状況を踏まえて、編集部はようやく誌面の改革に乗り出していく。最も大きな刷新は「小説ジュニア」から「Cobalt」への誌名のリニューアルだが、その一年前の一九八一年九月号にも一度「小説ジュニア」のリニューアルがおこなわれている。このときに目玉とされた四大連載は佐藤愛子＋響子、赤川次郎、残間里江子、氷室冴子で、かつてのジュニア小説家たちではない。また一九八二年二月号では新井素子「いまモテモテのSF作家　新井素子　ライフ&プライバシー」という記事が掲載されるなど、徐々に若手作家へのシフトが見られた。こうした段階的な誌面刷新を経て、「小説ジュニア」は一九八二年八月号から「Cobalt」という新しい雑誌に生まれ変わった。雑誌「Cobalt」と集英社文庫コバルトシリーズ（現在のコバルト文庫）は勢いを増し、八〇年代半ば以降女子中・高生をターゲットとした少女読み物は空前のブームを迎えることになる。それは、少女たちの日常的な感覚や志向を感じ取り具現化できる若手作家陣に主導権が移行したことで生じた、少女向け読み物の一大転換期だったのだ。

おわりに

ここまで一九六〇年代から八〇年代にかけてのジュニア小説と少女小説の分析をおこなってきたが、そこに見えるのは女子中・高生や「ジュニア」層を描いた小説に、どのような目線で何を託すかというテーマの移ろいだった。若年層を描写する対象と捉えるのか、あるいは読者層として捉えるのか。もしくは、若年層を描くとき、

「リアル」をどのような目線から描写するのか。生きた男女の姿を描くことを「文学」に不可欠の要件としたのがある時期のジュニア小説だったし、少女同士によって共有される矜持や、少女が少女であることそのものを祝福しようとする姿勢によって新たな時代を切り拓いたのが氷室冴子だった。

一九八〇年代後半以降、「少女小説」という言葉は「売れる」ジャンルとして、マーケティングと好相性のものになった。複数の出版社で少女小説レーベルが乱立するなど、氷室が目指していた少女小説は商業主義の波に巻き込まれていく。また九〇年代以降の前田珠子の登場を契機に、学園ラブコメからファンタジーへと旬のジャンルは移行し、空前の少女小説ブームも終息した。はやりのジャンルが移り変わっていくのは世の常である。しかし、氷室が描いた溌剌とした少女たちの姿、意志的で前向きなキャラクターたちはいまもなお少女読み物のなかに息づいている。「Cobalt」副編集長の川野俊彦は「氷室冴子さんの作ったキャラクターの造形は、脈々と今のコバルトに生きているかもしれません。はっきりとした強い個性のある女の子の形として、それは普遍的に女の子の読者が追っかけているキャラクターなのかもしれませんね[36]」と語る。少女小説の伝統を引き継ぎ、少女の居場所を確立した氷室の仕事は、いまなお輝きを失っていない。

注

(1)菅聡子編『〈少女小説〉ワンダーランド――明治から平成まで』明治書院、二〇〇八年、久米依子『「少女小説」の生成――ジェンダー・ポリティクスの世紀』青弓社、二〇一三年、大橋崇行『ライトノベルから見た少女/少年小説史――現代日本の物語文化を見直すために』笠間書院、二〇一四年

(2)「小説ジュニア」集英社、一九六六年三月創刊

(3)吉屋信子『花物語』洛陽堂、一九二〇―二一年

(4)川端康成『乙女の港』実業之日本社、一九四〇年。現在では中里恒子が執筆したものとされている。

(5)大木至『雑誌で読む戦後史』(新潮選書)、新潮社、一九八五年、二四九―二五〇ページ

(6)前掲『ライトノベルから見た少女/少年小説史』九三―九四ページ
(7)「小説ジュニア」一九六六年三月号と五月号、集英社
(8)社史編纂室編『集英社七十年の歴史』集英社、一九九七年、八〇―八一ページ
(9)富島健夫『おさな妻』集英社、一九七〇年
(10)「小説女学生コース」学習研究社、一九六七年一月創刊。一九七〇年四月に版元を立風書房へ移し「女学生ロマン」と改題、一九七一年十月に廃刊。
(11)「ジュニアライフ」旺文社、一九六八年五月創刊。一九七〇年六月廃刊。
(12)「ジュニア文芸」一九六九年十一月号、小学館
(13)「朝日新聞」一九六七年八月二十九日付
(14)「ジュニア文芸」一九七〇年六月号、小学館
(15)同誌一九六九年十月号、小学館
(16)同誌一九六九年十一月号、小学館
(17)同誌一九七〇年一月号、小学館
(18)同誌一九七〇年二月号、小学館
(19)「毎日新聞」一九七〇年二月七日付夕刊
(20)佐伯千秋「ジュニア小説のヒロインたち」「文藝春秋」一九六七年八月号、文藝春秋
(21)「小説ジュニア」一九八二年六月号、集英社
(22)金田淳子「教育の客体から参加の主体へ――一九八〇年代の少女向け小説ジャンルにおける少女読者」、日本女性学会学会誌編集委員会編「女性学」第九号、日本女性学会、二〇〇一年
(23)尾崎秀樹「ジュニア小説の基礎――ジュニア小説と少女小説の相違」、全国学校図書館協議会「学校図書館」一九六九年三月号、全国学校図書館協議会
(24)久美沙織『コバルト風雲録』本の雑誌社、二〇〇四年、三一ページ
(25)「小説ジュニア」一九七七年八月号、集英社

(26) 前掲『コバルト風雲録』五六ページ
(27) 氷室冴子『ホンの幸せ』（集英社文庫）集英社、一九九八年、一八九ページ
(28) 氷室冴子『クララ白書』（集英社文庫コバルトシリーズ）集英社、一九八〇年
(29) 氷室冴子「『思想の科学』編集部秩父啓子さま」、氷室冴子責任編集『氷室冴子読本』所収、徳間書店、一九九三年、一二〇ページ
(30) 氷室冴子『クララ白書ぱーとⅡ』（集英社文庫コバルトシリーズ）集英社、一九八〇年
(31) 氷室冴子『アグネス白書』（集英社文庫コバルトシリーズ）集英社、一九八一年
(32) 氷室冴子『アグネス白書ぱーとⅡ』（集英社文庫コバルトシリーズ）集英社、一九八二年
(33) 前掲『〈少女小説〉ワンダーランド』一一六ページ
(34) 新井素子『いつか猫になる日まで』（集英社文庫コバルトシリーズ）集英社、一九八〇年、同『星へ行く船』（集英社文庫コバルトシリーズ）集英社、一九八一年、同『あたしの中の……』（集英社文庫コバルトシリーズ）集英社、一九八一年
(35)「小説ジュニア」一九八二年六月号、集英社
(36) 川野俊彦／田村弥生「コバルト編集部ロングインタビュー」、日経キャラクターズ！編『ライトノベル完全読本 Vol.2』（日経BPムック）所収、日経BP社、二〇〇四年、七六ページ

少女の文体——新井素子初期作品における一人称

大橋崇行

はじめに

新井素子が「あたしの中の……」で、SF雑誌「奇想天外」が主催する第一回奇想天外SF新人賞の佳作を受賞し、デビューしたのは、一九七八年のことである。その後、新井素子は立教大学文学部ドイツ文学科に入学し、女子大学生作家として一時代を築き上げることになった。八一年に『グリーン・レクイエム』[1]で、八二年に「今はもういないあたしへ……」[2]で、日本SF大会での投票で選ばれる「星雲賞」の短編部門を二年連続で受賞してSF作家として認知される一方、「センチメンタル・ジャーニイ」を「小説ジュニア」一九八〇年に十一月号に発表して以降は、同誌とその後継となる「Cobalt」、そして集英社文庫コバルトシリーズでも活躍することになる。

そのなかで新井素子の特徴をひとつ挙げるのであれば、男性読者が少なからず存在していたことだろう。このことは、一九八四年六月の「朝日ジャーナル」に掲載された、新井素子と筑紫哲也との対談からもうかがわれる。

筑紫　なるほど、具体物の記憶があるわけか。地元同士の話はこれぐらいにして（笑い）、自分の読者がどんな人たちが、ある程度具体的につかんでますか。

新井　男女半々ぐらいで、男の子が高校三年から大学一～二年、女の子が中学三年から高校三年ぐらいがメーンですね。[3]

このような読者層の問題も含め、新井素子の小説については、同時代から現代に至るまで大きくふたつの問題を軸として語られてきた。そのひとつは、新井素子の小説で用いられる独特の文体についてのものである。

「さてあと三日間、どうやってつぶそうかな」
ふっと自分の言ったことのおかしさに気がつく。莫迦《ばか》ですね、あたしゃ。これから三日間、あたしは地球連合軍とかいうのに命を狙われることになるんだっけ。時間をつぶすだのなんだのって言ってる場合じゃないんだ。[4]

一人称「あたし」によって、「莫迦ですね、あたしゃ」「あたしは地球連合軍とかいうのに命を狙われることになるんだっけ」と口語性の強い言葉によって語られるというスタイルは、新井素子のデビュー当時から大きく話題になっていた。奇想天外新人賞の選考にあたった小松左京は苦言を呈していたが、新井素子のデビューを強く推した星新一は、このような文体に出ている「テンポ」と「女の子らしい」「おしゃべり」としての要素を、非常に高く評価している。[5] このような新井素子の文章を星新一は「いままでの小説のなかにない新しさ」と位置づけたわけだが、この文体がどのように位置づけられ、同時代にどのような意味を持っていたのか、また、はたして本当に「新しさ」を伴ったものだったのかについては、さまざまな問題を含んでいると思われる。

1　アニメ・まんが文化との接続をめぐって

一方で、特に新井素子の評価という点で問題となるのは、大塚英志や東浩紀による位置づけである。

ぼくはこの小説に二つの印象を持った。
一つはその語り口がつい今しがた嬌声を上げていた女の子たちのそれと全く同じこと。もう一つは「何だかアニメの『ルパン三世』を小説で読んでいるみたいだな」と思ったこと。男性のキャラクターの立て方やテンポが明らかにアニメ「ルパン三世」のそれなのだ。(6)

それらのキャラクターたちの集合、筆者風に言えば「データベース」は、かつては新井ひとりの頭のなかにしか存在しなかったが、いまや熱心な読者の頭のなかにも存在する。『……絶句』は、そのような前提の上で、デビューから五年以上が経ち、大きな成功を収めた作家が、そのデータベースの誕生そのもの、物語外の環境そのものを物語として提示するために書かれた小説なのだ。(7)

ここで大塚英志は新井素子の小説を「何だかアニメの『ルパン三世』を小説で読んでいるみたいだな」と思ったといい、新井の作品がキャラクター小説の方法を確立したという位置づけで論じている。しかし、この発言にはさまざまな問題がある。

第一に、大塚の「何だかアニメの『ルパン三世』を小説で読んでいるみたいだ」という発言そのものである。実はこの点は、一九七八年一月二十二日付の「毎日新聞」に掲載された「SF新人賞に千二百人応募／女高生二人が入選／佳作の五編に「楽しんで書きました」で、次のように述べられている。

「マンガ『ルパン三世』の活字版を書きたかったんです。SFを書いたという意識はなくて、好きな作家が選考委員だから出してみたというところ。小説を書いているという意識もなくて、楽しんで書いた。好きな刺しゅうをしているのと同じですね」（新井さん）

さらに、この「『ルパン三世』の活字版を書きたかった」という発言については星新一が一九七八年に奇想天外社から刊行された『あたしの中の……』の解説で触れているものの、この記事は新井素子が実際のインタビューで話した内容から大きくかけ離れていて、そもそも『ルパン三世』を意識した作品ではなかったともいう(8)。このように考えた場合、大塚が「『ルパン三世』を小説で読んでいるみたいだな」と「思った」という発言の信憑性については、非常に大きな疑問が残ることになる。これ自体が、大塚によるきわめて意図的な誤謬である可能性も含めて検討しなければならない。

また、同時代、あるいはそれ以前の小説に目を移してみると、拙著『ライトノベルから見た少女／少年小説史』で述べたように、新井素子がキャラクター小説の方法を確立したという大塚の指摘にはあまりにも無理がある(9)。少なくとも、一九七〇年代の平井和正の作品や石津嵐著・豊田有恒原案『宇宙戦艦ヤマト』の小説版と新井素子の作品との関係性について分析したうえでなければ、新井素子がキャラクター小説の方法を確立したと論じることはできないはずである。

一方、東浩紀による発言は、新井素子がキャラクター小説の方法を確立した作家だという大塚の発言を前提とし、そこから自身のいわゆる「データベース理論」に新井素子作品を引き付けて論じたものである。そのうえで「データベースの誕生そのもの、物語外の環境そのもの」が新井素子作品に見いだされるとし、新井素子の作品でマンガ、アニメ的なキャラクターを描いていく方法が定着し、それが小説の「データベース」として組み込まれていく端緒にあると位置づけている。

しかし、西田谷洋が指摘[10]するように、東浩紀のデータベース理論はメタフィクションとインターテクスチュアリティとをめぐるきわめて一般的な理論そのものであり、同じ理論をほかの作家に当てはめても常に同じような結果が析出される可能性が高いものである。したがって、新井素子という特定の作家にそれを当てはめることによって、個別的な問題を論じることができるものではない。

2　小説リテラシーの変容

それでは、新井素子の小説は、どのように位置づけることができるのだろうか。この問題を考えるための端緒となりうるのは、たとえば前掲の「毎日新聞」の記事についていうなら、むしろ次のような部分だろう。

読書は星新一、太宰治、平井和正、半村良、井上ひさし、北杜夫、ゲーテ、萩尾望都、大島弓子が同一線上にある乱読派で、音楽もビートルズ、クイーン、ショパンが同居。入選作執筆中のBGMはチャイコフスキーの「くるみ割り人形」だった。[11]

星新一はこの部分についても『あたしの中の……』の「解説」で言及し、そのうえで「奇想天外」一九七九年三月号に掲載された「きまぐれ読書メモ　こんな本あんな本改題」で、『あたしの中の……』の書評をしている。これによれば、講談社で編集者をしていた新井素子の父は、星新一に自分の娘のことをかなり詳しく話をしていたようである。ここで挙げられているのは、萩尾望都、大島弓子らのマンガ作品、平井和正のジュニアSF、岩波文庫や太宰治作品といった文学作品などだが、新井素子は非常に乱読家で、勉強家としても知られている。

『素子の読書あらかると』[12]で挙げられた作品などを見ても、そのことがうかがわれるだろう。この点を押さえたうえで、新井素子自身の発言に目を向けてみよう。

中学生の頃、私が毎回欠かさず見ている番組に、洋画のコメディのシリーズ物がありました。別にストーリィなんてどうでもいいの。主役のふきかえの声が何とも素敵で。うわ、この声、いいなあ。しゃべり方もイントネーションもいい。で、以来、私のキャラクターの男性側主人公は大抵この声のイメージを元にして作られたものになったのです。[13]

もし『ルパン三世』についての発言を新井素子がしていなかったのだとすれば、作中人物についてはむしろ、ここで述べられたような実写版の洋画の吹き替えをもとにしていると想定するべきだろう。この作品が何だったかは不明だが、吹き替えはアニメーションにも出演している声優が手がけた可能性も残されているため、その点でアニメ文化と接続する可能性は残されている。しかしここで外国映画が持ち出されているということは、新井素子は決して大塚英志がいうような「まんが・アニメ的リアリズム」で捉えられるような作家ではありえないことは明らかだろう。むしろ、まんが・アニメーションの枠組みを小説に取り込んだという以上に、純文学やエンタテインメント小説、さらには映画やマンガ、アニメーションとメディアを横断するかたちで物語に関わる領域をフラットに見て、それらを総体として小説執筆のリテラシーの基盤として持っていた、きわめて一九八〇年代的な作家だと位置づけるべきではなかったか。言い換えれば、いわゆる「まんが・アニメ的リアリズム」の領域は、たとえそのような要素があったとしても、新井素子という作家が手がけたテクストのごく一部を切り取ったものにすぎないのである。

したがって新井素子の作品は、まんが・アニメの側面によってだけ語られるべきではなく、吉本ばなな、村上春樹、田中康夫らと同時代の作家として、捉え直していく必要がある。一九八〇年代に登場した、複数のメディアとジャンルを自在にまたがり、そのなかでひとつの言説としての小説作品を編成していた作家として論じられるべきなのである。

3 「おしゃべり」としての一人称

この点を確認したうえで、改めて新井素子の文体の問題について考えてみたい。まず、奇想天外新人賞の合評会や、『あたしの中の……』の単行本に付された解説で星新一が与えた文体への評価は、同時代に編成された読者評にも普及することになった。

「あたしの中の…」には驚きました。読後、星氏の発言を読み返してみると、一つ一つ皆うなづける事ばかり、流石—。何よりも魅力的なのはあのテンポ。そこらへんの少女マンガだってああはいかない。もうこうなったら少々地の文が崩れたって全然気にしないのです。[14]

ここでは永田文広という読者が「星氏の発言を読み返してみると」と明確に述べているように、読者による評価が、星新一の評価をたどるかたちで編成されている。これをある種の権威主義だと批判することはたやすい。しかしより重要なのは、あるひとつの「読み」が提示され、流布されることによって、それがほかの読者によるテクストの「読み」を規定し、テクストについての言説がパターン化していくという点だろう。

一月号の『影絵の街にて』今までの軽いタッチからぐっとシリアスになって、ズシーンと重みを感じました。あの語り口、読みやすさはいつもどおり。

おねーさま、これからも二十一世紀にむけて、すてきな男性を……ア、いや、話を書いてください[15]!!

新井素子は彼女自身の息遣いを伝えるような文体で知られる作家だ。彼女が息を吸えば読点になり、息を吐けば句点になる。そんな錯覚に捉われるほど、彼女の文体は時代の気分そのままに、アップテンポで走り出す[16]。

ここでは、「小説ジュニア」の読者投稿欄に掲載された「やすこ」という読者だけでなく、ふたつめの引用に掲げた「SFマガジン」で書評を書いていた黒田友一も、新井素子を語るためには、「彼女自身の息遣いを伝えるような文体」であることから始めなくては、と述べる事態が生じている。このように、このように読みのモードが編成され、一人の作家、ひとつの作品に対して同じような読み方をする読者が次々と生み出されることが、解釈共同体を形成するのである。

さらに、このような新井素子の文体をめぐる評価は、若い読者を経て、学校図書館で中・高生に本を読ませる立場にある司書や、児童文学をめぐる言説にまで波及している。

生徒が新井素子作品を好きな理由は、口語体というより、おしゃべり言葉とでもいうような文章で、とても読みやすいこと。SF的な物語なのに、どこにでもいるような女の子が主人公で、親しみがもてること[17]。

語りに一歩一歩くっついていくことによってしか筋は明らかにならない。一人称で、思考できないことは、慎重に排除されている。だが、決して語りの私性を意味してはいない。むしろ、作者と語り手との決定的な区別が意識されてはじめて可能な語りだ。その意味で計算されない倫理が私性として露出してしまったり、ということはありえない。くっきりとした輪郭をもった語り手の概念に支えられて、語りは読者に「一緒に

おしゃべりをしてる感じ」といった信頼感のような気分を共有させてくれる。(18)

これらの言説ではともに新井素子の小説が「おしゃべり」であるという星新一の言説をそのままたどっている。さらに、小出の「女の子が主人公で、親しみがもてる」、石井の「語り手の概念に支えられて」というように、これらの「おしゃべり」は、語り手としての主人公が発する口語そのものの問題であると位置づけられている。すなわち、読者と同世代の主人公による一人称「あたし」の口語によって語られる小説が読者の共感や「親しみ」を喚起し、それを根拠として小説が読まれるという枠組みが編成されているのである。

4　一人称の〈文体〉

しかし、このような評価は本当に妥当なものだったのだろうか。たとえば久美沙織は、新井素子のような一人称のあり方について、次のように述べている。

われわれは、新井素子作品においてはじめて、「自分たちがふだん使っているしゃべるコトバで、書かれた小説」を目にしたわけです（ま、ゲンミツにいうと、非常に繊細にコントロールされたそれであって、口語そのものではないんですが。っつーのは、口語というのは、口から出た瞬間に消えていって、再検証されないものであり、だから強調のために何度も同じことをまわりくどくいうことがあったり、本来あるべき語尾が消えてなくなったり、日本語能力が高くないひとだと、主語と述語がとっちらかったり、他動詞と自動詞が混在したり、必要なはずの用語が省略されたりなど、いろいろと「まちがい」を犯していても、へーきで通用していますから）。(19)

ここで久美沙織は明確に、新井素子の文体を「口語そのものではない」として、単なる「おしゃべり」であることを否定している。その根拠として、主語と述語の転倒、自動詞と他動詞の転換といった口語でしばしば見られる文法から外れた言葉の用法が、ほとんどみられず、「非常に繊細にコントロール」されているためだという。このような文法的な事柄は、言語学の「談話分析」で「文法外現象（extragrammatical）」と呼ばれるものであり、文章語に対する口語の特徴として位置づけられるものである。

新井素子自身もまた、一人称を「文体」として明確に位置づけていた。

筑紫　あなたの文体は、一〇代の人間がしゃべっている雰囲気がそのまま文章に現れてるけど、あのスタイルは、自分でかなり考えた上でのものですか。

新井　えーと、一応考えはしたんですよね。昔、中学校ぐらいのときに、とにかく読みやすい文体をつくろうと思って始めたから。（略）

新井　文章は森鷗外が一番きれいでいいと思うんですが、中学校のころ——今でもそうなんだけど——人に本を貸して、無理やり読ませるのが趣味だったんですよね。で、大変に面白い小説とそんなに面白くないマンガがあるとして、どっち読むって聞いた場合ね、小説のほうがとにかく面白いと説明した後でも、たいていの人がマンガを選ぶんですね。手軽に読めるからというんで。字がいっぱい詰まってて読みにくいという理由で敬遠されるというのが悔しい。だから、マンガよりも速く読める文体をつくろうっていうわけのわからない動機のもとにできた文体なんですよね。[20]

これによれば、新井素子の一人称は、決して「おしゃべり」そのものではありえないことになる。これを「おしゃべり」だと判断したのは、その口語性に注目してしまった同時代の読者の一方的な認識であり、新井素子はエクリチュールとしての「文体」の問題だと考えていた。むしろ、文体を「おしゃべり」として捉えてしまう読者の認識そのものを利用して「読みやす」くすることを純粋に目指した表現上の演出として位置づけられるものであり、新井素子の文体を「おしゃべり」として認識してしまう言説自体が、そのような演出に呑み込まれた読者のあり方そのものにほかならないのである。

5 少女口語体

このような文体の問題については、柳父章が非常に早い時期からひとつの指摘をしている。

少女口語文、とは私の言い方だが、さらにさかのぼって、私は始めに「新口語文」と名づけた。この名称は、いわゆる「現代口語文」という、国語学、日本語学での通説の名称に対立する意味で名づけたのだった。この新口語文は、少女ばかりでなく少年も愛用していた、と言うよりも、むしろ男の子たちから始まったのではないか、とさえ思われる。それがやがて「少女口語文」優勢に移っていくのだが、それには「少女小説」、私流に正確に言えば、「少女口語文小説」の出現があずかっていたであろう。その意味でコバルト文庫などを中心とするいわゆる少女小説の出現は重要であろう。[21]

柳父によれば、少女小説で用いられる「少女口語文」は、もともとは、ラジオの投稿ハガキや男性向け雑誌で見られる「新口語文」が少女たちに普及し、それが「少女口語文」として編成されたものであり、それが新井素子をはじめとする少女小説で用いられることによって、ひとつの文体として編成されたのではないかという。

このとき、柳父は「POPEYE」「BRUTUS」「an・an」「Olive」（いずれもマガジンハウス）などの雑誌に同様の文体が見られると指摘しているが、具体的にはそれは次のようなものだったと考えられる。

こんにちは。ぼくはポパイの読者です。こんな雑誌がでてほしかったんだ（チト高いなぁ）。スケートボードの「フリースタイルテクニックスクール」ってのよかったなぁ。ぼくも坂でゴロゴロいわして走ってるんだ。坂の一番上からでも走れるよ。今度、「スケートボード教室」ってのを毎回のせて下さい。(22)

アメリカンコーヒーのおかわりOK。サンドイッチがおいしいんです。ガリこと自称ブルース・スプリンスティーンの酒向さんと、魔女と呼ばれてるのに、ぜんぜんチャーミングな加藤泉さんが、気持ちよく迎えてくれますよ。(23)

『POPEYE』の読者投稿欄と、『an・an』に名古屋の喫茶店から寄せられた記事である。常体で書かれることもあるが、基本的には敬体を基調とした口語文体であり、「チト高いなぁ」「走れるよ」「迎えてくれますよ」など「なぁ」「よ」といった終助詞を用いた文末表現や「チャーミングな」などの口語語彙、「おかわりOK」などの体言止めに、その特徴が認められるという。

これに対し、柳父章が「少女口語文」の特徴として掲げたのは次のような表現である。

頭のなかに最大のボリュームで声がひびく。これ、ひょっとして精神感応?

——俺はまだ死にたくない。

頭痛はいよいよ激しくなった。そして、それにつれて声はさらに大きくなる。これ何よ。

あたしはうすれてゆく意識の下で自問した。

——嫌《や》だ。

なんでこうなっちゃったんだろう。何か、どこかで手違いがあったに違いない。今まで体のどの部分がどう破壊されても、気絶なんて醜態、さらしたことないのに。それとも奴らは超能力者を使ったんだろうか。まさか……。奴らの精神力ではこのあたしに精神攻撃をかけるなんてできる筈が……。
そして暗黒。まっ暗闇。(24)

ここでは一人称の語り手「あたし」が「さらしたことないのに」「まさか……」「できる筈が……」といったように文の途中で言葉を区切ってしまうことに特徴があり、このような言葉の発話態度に、他者との人間関係そのものが内包されていると指摘している。

これらは「文法外現象」としての「言いよどみ」「言いつかえ」と呼ばれる現象にあたり、文章語にはない口語での冗長性の根拠となる特有の現象に位置づけられる。しかし、これがあくまで文体として編成されていたとすれば、新井素子の文体は「文法外現象」が排除されたというわけではなく、むしろ「文法外現象」をエクリチュールとしての文体のなかに積極的に取り込むことによって、その文体を口語的であるかのように装っていたものだと考えるべきだろう。

6 編成される「少女の文体」

しかし問題は、このような文体が、本当に新しいものだったのかという点である。
たとえば少女小説の文体という問題でいえば、大正期から昭和期にかけての少女小説には、吉屋信子『花物語』(25)に代表されるように「です」「ます」の敬体を基調とした告白形式の一人称が多く見られたわけだが、一九六〇年代から七〇年代にかけての「ジュニア小説」では、まったく異なる文体が採用されることが多かった。

青江和夫がやって来て、
「話があるから、放課後二十分ばかり会ってくれないか」
という。
放課後とくに用はなかったし、ひょっとしたらこの人はあたしを好きだと告白してくれるのではないか。そういえばここ何カ月かのこの人の態度はすこしへんであった。(26)

富島健夫にかぎらず、佐伯千秋、諸星澄子といったジュニア小説作家が用いたのは、大半が三人称を基調とした非常に手堅い文章で書かれた小説であり、たとえ一人称の小説であっても口語的な要素は排除されていた。たとえば引用の富島健夫「ふたつの恋」は、一人称「あたし」の語りにはなっているものの、それ以外の語彙や表現については、文章語を基調としている。したがって、このような文体と比べてみると、「あたし」による一人称できわめて口語性の強い新井素子の小説の語りは、確かに新しかったものだと言える。

これに対し、一九六〇年代から七〇年代にかけて口語的な文体を採用していたのは、前掲の久美沙織氏の指摘にもあるように、庄司薫の「カオルくんシリーズ」(27)や、橋本治がいわゆる「桃尻語」で書いた小説だった。

大きな声じゃ言えないけど、あたし、この頃お酒っておいしいなって思うの。黙っててよ、一応ヤバイんだから。夜ソーッと階段下りて自動販売機で買ったりするんだけど、それもあるのかもしれないわネ。家にだってお酒ぐらいあるけど、だんだん減ったりしてるのがバレたらヤバイじゃない。それに、ウチのパパは大体洋酒でしょ、あたしアレそんなに好きじゃないのよネ。なんていうのかな、チョッときつくって、そりゃ水割りにすればいいんだろうけどサ、夜中に冷蔵庫の氷ゴソゴソなんてやってらんないわよ、そうでしょ。(28)

しかし、このような文体はあくまで男性の立場から描かれた少女であることから、少女が自分自身の言葉とし

図1　湯浅まりこ「たとえば野に咲くすみれのように」
（出典：「セブンティーン」1978年1月号、集英社）

て編成した新井素子の文体とは大きな隔たりがある。それだけでなく、「あるのかもしれないわネ」「好きじゃないのよネ」「いいんだろうけどサ」など文末に終助詞を置く文体は、「少女口語文」より柳父章が指摘する「新口語文」そのものの用法であり、「POPEYE」の記事で用いられていた「チト高いなぁ」「走れるよ」「迎えてくれますよ」など「なぁ」「よ」といった終助詞を、「ネ」「サ」に置き換えることで、女性らしく変容させたものにすぎない。その意味で、必ずしも少女、女性の文体ではなかったのである。

これに対し、より新井素子の文体に近い「文法外現象」が見られるのは、同時代での少女マンガのモノローグだろう。たとえば湯浅まりこ「たとえば野に咲くすみれのように」[29]（図1）、では、「あたし」を一人称として「ち

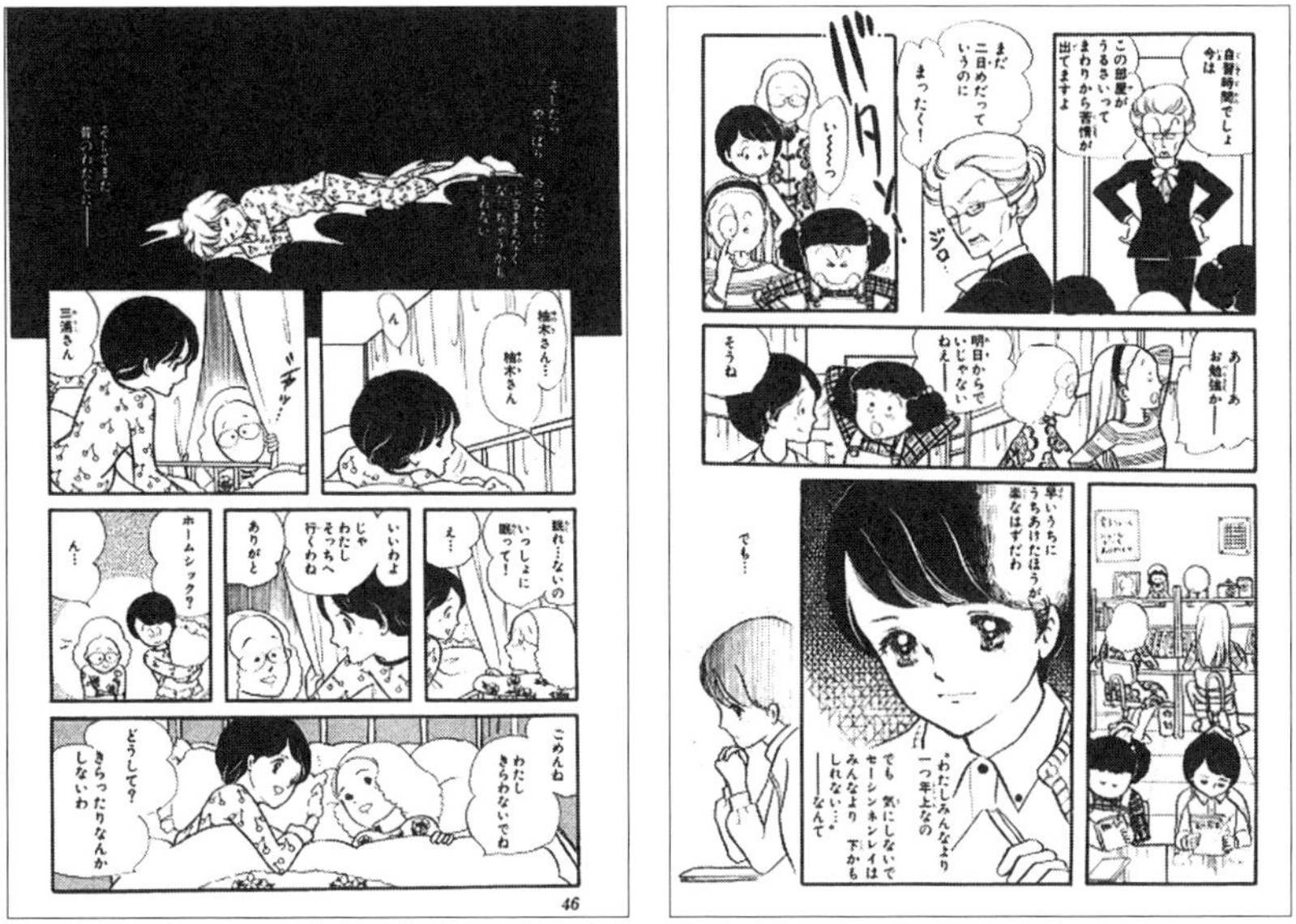

図2　高橋亮子「坂道のぼれ！」
（出典：「少女コミック」1977年5月1日号、小学館）（引用はフラワーコミックス版）

ょっと……おにいちゃん　いったい　どうしちゃったのよ」「あたしだって朝早いのよ　もうねたいのにィ……」といった言いよどみ表現をはじめとする「文法外現象」が多く見られる。しかし改めて指摘するまでもなく、これらは口語そのものではなく、高橋亮子「坂道のぼれ！」[30]（図2）などで同様に見られるように、少女マンガでの会話文やモノローグ文のひとつの典型的な表現、いわば「話体」として少なからず様式化されていた。したがって、少女マンガのモノローグでの「話体」が、新井素子の語りとしての「文体」編成されたと考えれば、「あたし」を語り手にした一人称の語り手は、少女マンガ的な「少女」というキャラクターとして用いていたと見えるかもしれない。

しかし、事態はそう単純ではない。少女マンガ雑誌や「小説ジュニア」の読者投稿欄などでは、より口語的な文章が様式化しているからである。

この間一緒に帰ってくれてありがとう！　何もしゃべらないで、ゴメンネ！　あなたとわたしとの間がちょっと離れていたし、それに、とってもはずかしかったから…。でも、別れる時にこっち向いて、バイバイしてくれたでしょ、とっても嬉しかった！　アリガトウ[31]！

投稿欄で用いられる一人称には「わたし」「私」「わたくし」「あたし」と揺れがあるが、「POPEYE」など男性向け雑誌の投稿に多く見られる終助詞の用例が少ない一方、より冗長で言いよどみ表現をはじめとした「文法外現象」が多く見られるという特徴がある。

さらにいえば、このような口語性の高い文体は、新井素子が用いる前に、すでに「ジュニア小説」の一部では用いられていた。

「中谷さん。ここ、ここよ。ちょっと、どうする？　あたしたち、景山君と同じクラスになっちゃったわよ」

ぐいと、亮子の袖を引っぱった、親友のお圭の声が、興奮で、一オクターブも高くなっている。

「え、それ、本当!!」

亮子も、ついうわずって、グループに入ると、いた、いた。二年生のときのソウソウたる連中が、期待やら不安やらを一杯つめこんだ複雑な表情で、額を集めている。進級して、どの顔も、ちょっと大人びたようだ[32]。

引用の浅井春美「いのち燃える日に」は、「小説ジュニア」が最初に読者から小説を募集した際に選ばれた作品であり、当時の中学生が書いたものである。同様の文体は永山洋子「おにぎりとボート」（「別冊小説ジュニア」一九七〇年一月号、集英社）などでも確認でき、富島健夫や佐伯千秋、諸星澄子といった旧来の作家、大人である作家が非常に硬質な文体でジュニア小説を書くかたわらで、読者と同年代の少女たちが投稿する作品は、特に会話文で、一九六〇年代からすでに口語的な表現が多用されている。

さらにいえば、浅井の小説が発表された一九六八年は、少女マンガに女性作家が登場したのとほぼ同じ時期だったことは、注意を要するだろう。すなわち、このような〈少女の文体〉は、表現の場に少女たちが入り込んだ瞬間、すでに編成されつつあったのである。

おわりに

これまで述べてきたように、〈少女の文体〉という視点で見ると、従来の新井素子の小説作品に対する見方とは異なる、さまざまな問題が見えてくる。

まず重要なのは、これらがあくまで少女マンガ雑誌、少女小説雑誌で用いられていたという点だろう。改めて指摘するまでもなく、これらの雑誌の読者はその大半が少女たちであり、男性読者はほとんど入っていなかった。たとえば集英社文庫コバルトシリーズではある程度の男性読者が入っていたのに対し、雑誌のほうは少女たちによるより凝集性の高い読者共同体が編成されていたのである。

このとき、読者投稿欄で用いられる文体はほとんど男性読者の目に触れることがなかったのはもちろん、この時期に読者と同年代の書き手によって書かれた作品は文庫本、単行本に収録されていなかった。したがって、これらの文体は基本的に、雑誌の読者である少女たちによってだけ読まれていたという事態が見えてくる。すなわち、新井素子の文体が「新しい」と指摘する読者は、それを指摘した瞬間、このような文体を用いる読者共同体の外部にいる人間、すなわち少女ではない大人の女性、あるいは男性読者であることを暴露してしまうのである。

このことが、新井素子の文体や作中人物が「まんが・アニメ的」だと指摘されてきた問題の、少なからぬ要因になっている。なぜなら、このような読者投稿欄の言説に接しておらず、一方で少女マンガを読んでいた読者であれば、新井素子の文体が少女マンガでのモノローグの「話体」を用いたものであるかのように見えてしまうためである。

したがって、新井素子を「まんが・アニメ的」だとしてきた言説については、根本的に見直さなくてはならない。これは言い換えれば、従来のライトノベル言説が男性読者の視点によってだけ編成されてきたことによる錯誤だったといってよく、それを見直す端緒となりうるのが、同時代の少女マンガ雑誌、ジュニア小説雑誌の言説であることを示している。

一方で、このような〈少女の文体〉のあり方については、より詳細に調査を進めていく必要があるだろう。なぜなら、一九六〇年代末に中学生や高校生が、いきなりこのような文体を創り出したとは考えがたく、特に戦後教育で国語、日本語が再編成されていくなかで、なんらかの要因があったことが想定されるためだ。少女雑誌、少女小説はもちろん、学校教育で用いられている文体や、小学館などの学習雑誌でも用いられていた可能性を考えていく必要がある。

そのうえで、拙著で指摘[33]したように、現代での〈ジャンル〉は必ずしも小説の内容やカテゴリーによって規定されるものではない。同じテクストに対して同じような価値観で接し、同じような読み方を編成する読者共同体が編成されることによって形作られていると考えられる。このような読者共同体の実態を明らかにすることこそが、戦後の日本での少女文化や少年文化について、より具体的に考えていくための方途となるはずなのである。

注

（1）「奇想天外」一九八〇年九月号、奇想天外社
（2）「奇想天外」一九八一年一月号、一九八二年二月号、奇想天外社
（3）新井素子／筑紫哲也「若者たちの神々12 新井素子」「朝日ジャーナル」一九八四年六月二十九日号、朝日新聞社
（4）新井素子「あたしの中の……」「奇想天外」一九七八年二月号、奇想天外社

（5）星新一／小松左京／筒井康隆「新人賞選考座談会」、同誌

（6）大塚英志「サブカルチャー文学論 第九回『ルパン三世』的リアリズムとキャラクターとしての〈私〉――一九八〇年代小説としての新井素子」「文學界」一九九九年八月号、文藝春秋

（7）東浩紀「セカイから、もっと近くに！――SF／文学論 第三回 新井素子と家族の問題（2）」「ミステリーズ！」第二十八号、東京創元社、二〇〇八年四月

（8）インタビュー「新井素子の中と外 あるいは、いつかプロになる日まで」。同人誌『トラルファマドール』、有賀康博、志村弘之、永野稔夫、三宅博史、米林徳雄が聞き手となり、一九八〇年に掲載されたとされるが、未見。

（9）石津嵐著、豊田有恒原案『宇宙戦艦ヤマト』（ソノラマ文庫）、朝日ソノラマ、一九七五年

（10）西田谷洋『ファンタジーのイデオロギー――現代日本アニメ研究』ひつじ書房、二〇一四年

（11）「SF新人賞に千二百人応募／女高生二人が入選／佳作の五編に「楽しんで書きました」」「毎日新聞」一九七八年一月二十二日付

（12）新井素子『素子の読書あらかると』中央公論新社、二〇〇〇年

（13）新井素子「あとがき」『星へ行く船』（集英社文庫コバルトシリーズ）、集英社、一九八一年

（14）読者コーナー「スポンサーから一言」「奇想天外」一九七八年三月号、奇想天外社。投稿者は永田文広とある。

（15）やすこ十五歳「感激、素子さま」「小説ジュニア」一九八一年二月号、集英社

（16）黒田友一「新井素子著『扉を開けて』」「SFマガジン」一九八二年八月号、早川書房

（17）小出孝子「積極的で行動的な主人公――新井素子の本」、「特集 いま、子どもが熱中している本――その秘密を探る」、全国学校図書館協議会「学校図書館」一九八四年十月号、全国学校図書館協議会

（18）石井直人「エンターテインメントの現在――赤川次郎プラス新井素子etc」、「特集 思春期文学の現在」、児童文学者協会編「日本児童文学」一九八五年三月号、日本児童文学者協会

（19）久美沙織『コバルト風雲録』本の雑誌社、二〇〇四年

（20）前掲「若者たちの神々12 新井素子」

（21）柳父章「「少女小説」の衝撃」、「特集 少女小説の力――「日本語」が生まれるとき」「思想の科学」一九九一年十

月号、思想の科学社
(22) 投稿欄「from READERS」「POPEYE」一九七六年九月号、マガジンハウス。投稿者は「金輪直也」。
(23)「アンアンミニコミ」「an・an」一九七七年一月五日号、マガジンハウス
(24) 前掲「あたしの中の……」
(25) 吉屋信子『花物語』、「少女画報」新泉社・東京社、「少女倶楽部」講談社、一九一六―二六年
(26) 富島健夫「ふたつの恋」「小説ジュニア」一九七〇年六月号、集英社
(27) 庄司薫『赤頭巾ちゃん気をつけて』中央公論社、一九六九年。「薫くん」シリーズに『さよなら怪傑黒頭巾』(中央公論社、一九六九年)、『白鳥の歌なんか聞こえない』(中央公論社、一九七一年)、『ぼくの大好きな青髭』(中央公論社、一九七七年)。
(28) 橋本治「桃尻娘」「小説現代Gen」第三号、講談社、一九七七年
(29) 湯浅まりこ『それはちいさなめぐり愛』(セブンティーン・コミックス)所収、集英社、一九七九年(初出:「セブンティーン」集英社、一九七八年一月)
(30) 高橋亮子『坂道のぼれ!』(フラワーコミックス)、小学館、一九七八年(初出:「少女コミック」小学館、一九七七年五月)。引用はフラワーコミックス版。
(31) 潤君に恋してるナボナ「三年生のとってもやせてる潤君へ」「花とゆめ」一九七七年二月号、白泉社
(32) 浅井春美「いのち燃える日に」「小説ジュニア」一九六八年八月号、集英社
(33) 拙著『ライトノベルから見た少女/少年小説史――現代日本の物語文化を見直すために』笠間書院、二〇一四年

[補記] 本稿はJSPS科学研究費補助金(挑戦的萌芽研究15K12848「現代日本におけるメディア横断型コンテンツに関する発信および受容についての研究」)の助成を受けたものである。

連載◉ガーリーノベルの現在（第1回）

二十一世紀の少女小説はどこに向かうか

YORIKO KUME
久米依子

1　TL（ティーンズラブ）レーベルの台頭

ライトノベルの時評や論考は確実に増え続けている。しかし、少女向け作品についての言及はまだ少ないようだ。やはり少女向け文化は、周辺的存在として軽視されてしまいがちなのだろうか。あるいは少女向け文化には、論じにくい固有の問題があるのだろうか。本稿ではその点も探りながら、分析を進めてみたい。

さて、一九九〇年代に登場したライトノベルという名称は、周知のように少年向けエンターテインメント小説について使われ始めた。そのため、従来は「少女小説」と呼ばれてきた少女向けエンターテインメントレーベルに対しては、やや使いづらい面があった。しかしライトノベルの売り上げ拡張が続き、市場での存在感を増したゼロ年代後半くらいから、少女向け小説にもライトノベルの呼称が使われるようになった。「少女向けラノベ」「女子向けラノベ」などと呼ばれだしている。またさらにそのなかに、「乙女ラノベ」あるいは「ＴＬ（ティーンズラブ）」と呼ばれるジャンルがあり、これは一見可憐な名称とは裏腹に、女性向けの性愛描写を伴う作品群を指すことになっている。対象年齢低めの、和製ハーレクインロマンスなどと評されている。

本連載でも、どの呼称を使うべきか迷ったが、明治期以来の「少女小説」という呼び方は、さすがにもはや時代に合わないように思う（本号の特集は一九八〇年代作品群について扱っているので、「少女小説」という名称でかまわないわけだが）。とはいえ「少女向けラノベ」という言い方もまだるっこしい感じなので、思い切って「ガーリーノベル」などと言ってみたわけである。十代の少女を主な読者とする現代のエンターテインメントレーベル小説群を、とりあえずこう呼んでおきたい。勝手な名付けなので、本連載だけの使用で消える可能性が高いが、暫定的に使ってみることにする。なおこの呼び方はもちろん、千野帽子の少女小説評論集『文藝ガーリッシュ――素敵な本に選ばれたくて。』（河出書房新社、二〇〇六年）の影響を受けている。

では、ガーリーノベル（略してガリノベ）には現在、どのような傾向が見られるだろうか。少年向けラノベと同様少女向けにも多くのレーベルがあり、物語内容も多彩だが、俯瞰すると少年向けに比べ顕著な特徴がいくつか見いだせる。そこから検討していきたい。

まず第一に取り上げるべきは、旧来の少女小説系レーベルとBL（ボーイズラブ）系レーベル、そこに先にも触れたTL系レーベルが加わり、三種鼎立の様相が見られることである。旧来の少女小説系レーベルとは、いわゆる老舗の文庫を含む、集英社文庫コバルトシリーズ、講談社X文庫ホワイトハート、角川ビーンズ文庫とビーズログ文庫、小学館ルルル文庫、一迅社アイリス文庫などを指す。最も古いコバルトシリーズ（文庫）は一九七〇年代から刊行され、八〇年代には学園ものを中心に少女小説のブームを巻き起こした。しかし現在では各レーベルとも、ファンタジー小説が主流となっている。異世界や過去の時代を舞台に、ヒロインが王族・貴族などと身分差を超えて恋愛模様を繰り広げることが多い。そしてBL系やTL系と比べ、性表現は露骨に描かれることなく抑制されている。

一方、BL系レーベルは一九九〇年代に登場し、現在はかなり大手の出版社からも刊行されている。代表例は角川ルビー文庫とB-PRINCE文庫、白泉社花丸文庫、プランタン出版プラチナ文庫、二見書房シャレード文庫、幻冬舎ルチル文庫、徳間書房キャラ文庫などである。なお講談社X文庫ホワイトハートは、少女小説系とともに同文庫でBL系やTL系の作品も刊行している。

そして三番手のTL系ガリノベは二〇〇九年のフランス書院ティアラ文庫を皮切りに、集英社シフォン文庫（二〇一二年―）、イースト・プレスソーニャ文庫

（二〇一三年―）、大誠社プリエール文庫（二〇一三年―）、リブレ出版乙蜜ミルキィ文庫（二〇一三年―）、二見書房ハニー文庫（二〇一四年―）、竹書房蜜猫文庫（二〇一四年―）、プランタン出版オパール文庫（二〇一四年―）など、いつの間にかレーベル数がかなり増えた。需要があっての増加と考えられるだろう。現在毎月二十冊以上のTLが刊行され、少女小説系やBL系の刊行数に迫る勢いを見せている。今後さらに大手出版社の参入があるかもしれない。

このTL系レーベルは性愛表現を含むのが特色だが、以前は、少女向け小説の性愛描写といえばBL系レーベルの専門領域だった。一九七〇年代以降の日本の少女向けエンターテインメントは、小説とマンガで、女性が読む青少年同士の恋愛物語という特異なジャンルを大いに発展させた。それは男女間の性愛表現を、ファンタジックに偽装する手段でもあった。「ヘテロ女性の男性への性的欲望を反映」しながら、「ジェンダー的抑圧を排除するために、男性に同一化」するという、「完璧」な「隠蔽」（永久保陽子『やおい小説論――女性のためのエロス表現』専修大学出版局、二〇〇五年）がなされたのである。主人公を男性化することで、たとえ現代日本を舞台に性愛を描いても、現実からは距離をとることができた。そのBL系レーベルが次々と誕生した一九九〇年代、少年向けエンターテインメント小説の方ではライトノベルという新名称の下に、物語の型が刷新された。同時期に少女向けエンターテインメントは、BLという性愛表現の解放区を構築したといえるだろう。

現在のTL系の増加は、それ以後の大きな変動のひとつ――ゼロ年代にはケータイ小説のブームもあったが――である。では、それはどのような現象として捉えられるだろうか。

TL系の性愛表現を考えると、BL系と描き方は異なるが、やはりまだ直截なレベルには至っていないと見なせる。物語の多くが少女小説系と同じく異世界や過去の時代を舞台とし、あるいは現代を描いても少女マンガ的なキャラクターを用い、性愛のファンタジー化がはかられているからである。BL系が、主人公の男子化という非現実性によって性愛をファンタジックに加工するのに対し、TL系は物語設定の非現実性で、性愛表現のリアリティーを留保する。それによって読者に受け入れやすい表現にするとともに、世間からのバッシングも回避しようとしているのではないだろうか。

　そうした手法はとられるものの、しかし二〇一〇年代にTL系レーベルがこれだけ増え、読者が付いたということは、やはり特筆すべき事態といえる。顧みれば少女小説と呼ばれてきたガーリーノベルは、家父長制度下の明治末期から、恋愛小説の代替として少女同士の友愛物語を発展させるなど、百年以上にわたって直接的な異性愛の表現を「隠蔽」する歴史を重ねてきた。一時的に一九六〇年代後半には年長者向きのジュニア小説が過激化した時期もあったが、長くは続かなかった。それがついに、異世界ファンタジーの体裁をとりながらも、男女の性愛描写を売り物にする小説が多数発行されるようになったのである。日本社会の女子に対する性規範の拘束は、明らかに以前よりは弱まったと考えられる。またBLの場合は、その表現には「自分の性を自己嫌悪」し、「理想化された自己像」を美少年に託す（上野千鶴子『発情装置――エロスのシナリオ』筑摩書房、一九九八年）という少女の感性が投影されていたとされるが、そういう、〈女性のなかの女性嫌悪感《ミソジニー》〉も薄らいだのかもしれない。

　しかしもちろんこの変化を、単純に喜ばしいことと捉えるわけにはいかない。描かれる恋愛の方向が、本当に女子読者を〈解放〉し、またガーリーノベルの未来を切り開くものであるかは、慎重に判断する必要がある。型にはまった恋の描き方が、かえって新たな抑圧を生み出したり、ジャンル全体の力をそぐことになるかもしれないのである。

　その懸念を踏まえながら、ガーリーノベルが抱える問題をさらに考えてみよう。

2　ガーリーノベルは〈いま〉の少女と向き合っているか？

　前節でTL系レーベルの増加を確認した。しかしガーリーノベル全体では、読者数は伸び悩んでいるのではないかと思われる。たとえば少女小説系の作品についていえば、ここ二、三年の最大の話題は、何といっても長年刊行された人気作が終結したことだった。二〇〇四年刊行開始の谷瑞恵『伯爵と妖精』（集英社コバルト文庫〕、集英社）が一三年に三十二巻で、〇五年刊行開始の青木祐子『ヴィクトリアン・ローズ・テーラー』（同）が一二年に二十七巻で、本篇が完結した（ただし両作ともその後、短篇集は出ている）。二作とも十分なストーリー展開を果たし、納得のできる大団円を迎えた。しかし問題は、これらの人気を引き継ぐ後続作品が出てくるか、やや心もとなく感じられることだ。今野緒雪『マリア様がみてる』（現三十七巻〔コバルト文庫〕、集英社、一九九八年―）、結城光流『少年陰陽師』（現四十六巻〔角川ビーンズ文庫〕、角川書店―KADOKAWA、二〇〇一年―）などは盤石の人気を誇っているが、それら著名作を支えるガーリーノベルのすそ野が、以前より痩せているように見える。書店でも、TL系レーベルの増加でガーリーノベル全体の棚が広がるのではなく、老舗の少女小説系の棚が狭くなるなど、ガリノベ総体の書店での存在感は、縮小しているのではないかと思われる。

青木祐子『ヴィクトリアン・ローズ・テーラー』第27巻、（集英社コバルト文庫）、集英社、2012年

　実際、ガリノベは〈読まれていない〉のだ。現在、日本大学と早稲田大学の文学系学科でライトノベルに言及する授業をおこなっているので、アンケートを取ったところ、受講の女子学生二百人中、ライトノベルをまったく読んだことがない者が七十人、少年向けライトノベルは読むがガリノベは読まないという学生が八十人、ライトノベルもガリノベも読むという学生が五十人だった。少年向けライトノベルには親しんでも、ガーリーノベルには手を伸ばさない者が、いちばん多かったのである。また「どちらも読む」と答えた学生も、少年向けのライトノベルについては多くの書名を挙げたが、ガリノベに関しては『マリア様がみてる』『少年陰陽師』『十二国記』（小野不由美、〔講談社X文庫ホワイトハート〕、講談社、および〔新潮文庫〕、新潮社、一九九一年―）、『彩雲国物語』（雪乃紗衣、〔角川ビーンズ文庫〕角川書店、二〇〇三―一一年）という定番が挙がる程度で、読まれている作品の数が圧倒的に少ない。アンケートにはガリノベについて「子供っぽいのであ

まり好きではありませんでした」「少年向けに比べつまらなそうな印象があります」「装丁がギラギラして耐えがたく、手に取る気になれません」といった厳しい意見も書かれていた。

少年向けライトノベルはガリノベよりも、アニメ化などメディアミックスがおこなわれる頻度が高く、そこから原作に関心を持たれやすいという利点がある。しかし、かつて氷室冴子らコバルト四天王が活躍した一九八〇年代には、コミック化などがなされる前から、少女小説の読者が万の単位でみるみる増えていったのだ。それを考えれば現在のガーリーノベルはやはり、〈いま〉の少女読者の嗜好を捉えそこなっていると考えられるだろう。

では、少年向けライトノベルのどのような要素が女子読者を引き付けているのか。少年向けのなかにはあからさまにセクシュアルな少女像が描かれる作も多く、当然それらには女子読者は付かない。支持されているのは、学園やゲーム的世界のなかで、男女が協力して物事の解決にあたるタイプの物語である。たとえば渡航『やはり俺の青春ラブコメはまちがっている。』(小学館ガガガ文庫」、小学館、二〇一一年―)は、軽快なギャグを交えながら、男女高校生が友人を助けつつ「本物」の人間関係を模索する日常を細やかに描き、女子読者にも人気が高い。同作は『このライトノベルがすごい!』(『このライトノベルがすごい!』編集部編、宝島社)で二〇一四、一五年と二年連続で総合第一位になり、マンガ・アニメ・ライトノベルの過去十年のグランプリを投票で選ぶ「SUGOI JAPAN AWARD 2015」(SUGOI JAPAN実行委員会/読売新聞社主催)でもライトノベルの一位に輝いた。どちらも女性票がかなり入ったと思われる。

ライトノベルの学園ものの系譜で見ればこの作品は、やはり人気作である平坂読『僕は友達が少ない』(本篇全十一巻・番外篇一巻〔MF文庫J〕、メディアファクトリー、KADOKAWA、二〇〇九―一五年)が提示した「本当の友達」とは何かという問いを、さらに追求したということができる。『僕は友達が少ない』は、「本当の友達」などはたして存在するのか、という思春期のやっかいな疑問をテーマとしていた。それがどのようにやっかいに展開したかは、『ライトノベル・スタディーズ』(一柳廣孝/久米依子編著、青弓社、二〇一三年)所収の良野通「「本当の友達」の行方――

『僕は友達が少ない』に見る虚構と解放」を参照していただきたいが、キャラクターたちのにぎやかなかけあいが続くなかで、壊れやすく、かつ心理的に重い「本当の」関係に踏み込むことへのためらいが扱われたのである。

　その状況を『やはり俺の青春ラブコメはまちがっている。』は一歩進め、主人公たちが「本物」の関係を志向し、自分の気持ちに正直に振る舞おうとするゆえに、誰かを傷つけたり何かを失ったりするジレンマを描く。恋愛以前の友人関係上でのもどかしさが、切なく示されたのだ。そして、こうした〈関係性〉の難問に新たな角度から切り込んだのが、今回の「ラノフロ

渡航『やはり俺の青春ラブコメはまちがっている。』第11巻、（小学館ガガガ文庫）、小学館、2015年

大賞」受賞作である境田吉孝『夏の終わりとリセット彼女』（〔ガガガ文庫〕、小学館、二〇一四年）だといえるだろう。つまり現在のライトノベルの学園ものは、先行作の問題提起を受け継ぎながら発展し、〈関係性〉に悩む青少年読者にヒントを与えるべく健闘しているのである。

　実は学園もの小説こそは、かつての少女小説が得意とし、名作を次々に生んだ分野だった。しかし現在、そのお株は少年向けライトノベルにすっかり奪われている。谷川流『涼宮ハルヒの憂鬱』シリーズ（〔角川スニーカー文庫〕、角川書店、二〇〇三年―）や井上堅二『バカとテストと召喚獣』（〔ファミ通文庫〕、エンターブレイン―KADOKAWA、二〇〇七―一五年）なども、キャラクターや状況設定に奇矯な面はあるが、高校生の悩みや憧れをコミカルに示し、女子読者からも共感が寄せられている。また現実のなかの非日常を描く成田良悟『デュラララ!!』（〔電撃文庫〕、KADOKAWAアスキー・メディアワークス、二〇〇四―一四年、以後新シリーズ）や、現実とゲーム世界をつなぐ川原礫『ソードアート・オンライン』（〔電撃文庫〕、KADOKAWAアスキー・メディアワークス、二〇〇九年―）

も、主人公とともに戦う現代の少女像が印象的であり、やはり女性読者の多さで知られている。

対してガーリーノベルは、BL系を除き、ファンタジー世界で身分違いの恋をする、という設定が主流である。これが、現在の日本の女子中・高生をそれほど魅了せず、少年向けライトノベルの方が親しみやすく感じられているのではないだろうか。少女マンガのほうでは、現代学園ものが多数の読者を獲得しているという現状が、それを裏付けているだろう。ファンタジー世界のガリノベの少女たちも活躍してはいるが、彼女たちはコンピューターゲームもしなければスマホもいじらず、コンビニにもファミレスにも行かない。もちろん、はやりの風物が出てこないことは作品の寿命を延ばす面もあるのだが、あまりに読者の日常からかけ離れた世界ばかり描かれると、感情移入がしにくくなるのではないかと思われる。そしてまた、恋愛事情でいえば、日本での累計観客数が二千万を超えたディズニーのファンタジックなアニメ『アナと雪の女王』(監督:クリス・バック、二〇一四年)では、ヒロインの王女アナが王子様でなく平民の男を選んだということに、ガーリーノベルは早く気づくべきではないかと思う。

なお、ガリノベ出身の人気作家たちは現在、大手出版社が新しく立ち上げたキャラ立ち小説レーベル——〈大人のラノベ〉と呼ばれたりする「ライト文芸」——の書き手となりつつある。「ライト文芸」については今後、本書全体でも考察を進めたいと思うが、ガリノベはその作家たちを供給するジャンルとして重宝されていくのかもしれない。しかし、〈いま〉の少女に読まれないのはいかにももったいない。ガリノベの新たな覚醒を切に願うものである。

連載◉ライトノベル翻訳事情（第1回）

ライトノベルは翻訳されているのか？

MUTSUMI OHTA

太田 睦

日本のアニメやマンガは近年盛んに外国に輸出され、官公庁が口にする「クール・ジャパン」の中核コンテンツとされている。ライトノベルもアニメやマンガとの親和性が大変に高いために、同様に外国語に翻訳されて輸出されているように一部では思われているが、実際のところはどうなのだろうか。

確かに、翻訳出版が成功した事例はある。たとえば『涼宮ハルヒ』シリーズ（谷川流『涼宮ハルヒの憂鬱』〔角川スニーカー文庫〕、角川書店、二〇〇三年―）は、アメリカ、スペイン、台湾・中国、韓国で全巻が翻訳され、フランスやイタリアでも第一巻は翻訳されている。このほかの言語でも海賊版で翻訳出版されている可能性は非常に高く、インターネットの翻訳サイトでは、ベトナム語、ブラジル・ポルトガル語、バハサ（インドネシア語）、ポーランド語、タガログ語（フィリピン）、ルーマニア語、ロシア語、ドイツ語、ノルウェー語、リトアニア語、アラビア語などの事例を確認することができる。しかし、これは数少ない例外なのであって、そもそも全巻が翻訳出版されたライトノベルは欧米では多くない。ライトノベル研究会で確認したかぎりでは、英語で全巻翻訳されたのは三シリーズだけである。これに対して韓国や台湾・香港では、「片端から」としか言いようがないくらいに翻訳が進んでいる。

こうした地域差が生じた理由、あるいはマンガやアニメは受け入れられたのに欧米でライトノベルがそれほどには受け入れられない理由というのは何なのか？　それを順々に考えていきたいというのが、この連載の趣旨である。

1　ライトノベルの英語翻訳事例1

——独立系出版社の場合

二〇〇三年頃に日本の若年者向け物語小説群が「ライトノベル」という呼称とともに再編成され、アニメ、マンガ、ゲームなどに続く新たなコンテンツとして注目を集めるようになった頃、すでに日本マンガの翻訳出版がおこなわれていたアメリカでは、それを担ってきた独立系の出版社がライトノベル翻訳にも手をつけた。最初がTokyo Pop社で、意欲的にライトノベルを出版していった。確認できるものとして『スレイヤーズ』(Slayers)、『キノの旅』(Kino no Tabi)、『スクラップド・プリンセス』(Scrapped Princess)、『君にしか聞こえない』(Calling You)、『GOTH』(Goth)、『トリニティ・ブラッド』(Trinity Blood)、『フルメタルパニック!』(Full Metal Panick!)、『十二国記』(Twelve Kingdoms)、『Missing』(Missing)、『Gosick』(Gosick)などの事例がある。これに並ぶのが日本マンガの翻訳出版と同時にGamanga.comレーベルのネット配信をおこなっていたSeven Seas社である。『ブギーポップ』(Boogiepop)、『死神のバラッド』(Ballad of a Shinigami)、『ヴァンプ!』(Vamp!)、『かのこん』(Kanokon)、『銃姫』(Gun Princess)などの事例が確認できる。

Seven Seas社は日本のオリジナルの体裁を忠実に保とうとしていて、カバーなどもそのままだが、Tokyo Pop社が出版した「ライトノベル」には、カバーをまったく差し替えた例が見受けられる。『Missing』を例にとると、日本語のオリジナルがアニメ・マンガ風の少女の上半身像を用いているのに対して、翻訳版では色彩を抑えた写真が用いられ、少女の目の部分はタイトルの文字で隠されて鼻から下だけが見えている(写真1)。キャラクター性が抑制されているといってよく、ビジュアルによるキャラクターを強調する日本のライトノベルとは雰囲気がかなり違う。また、本文中のイラストも省いている。日本では、ライトノベルの特徴として「マンガやアニメ風のイラストが表紙や本文中に用いられている」とされていることを考えれば、これがライトノベルの翻訳になっているのか疑問視する人もいるかもしれない。

この点で、さらに割り切っていたのがViz Media社である。もともとは一九七〇年代に渡米した日本人ヒッピーが起業した出版社だが、集英社の「少年ジャンプ」と小学館の「少年サンデー」の二誌と契約を結んで、それらの人気作品をピックアップして一冊にまとめた“Shonen Jump”という雑誌で成功し、少女マンガについても“Shojo Beat”を刊行して従来英語圏にはなかった少女マンガというジャンルを創出したこと

写真１-１

写真１-２

で知られている。この会社は一般小説についてもHaikasoruというレーベルを持ち、日本のSFやファンタジーあるいは同時代小説を数多く翻訳してきた。神林長平、山本弘、小川一水、光瀬龍、宮部みゆき、荻原規子らのSFやファンタジー、市川拓司『今会いに行きます』(Be with you)、嶽本野ばら『下妻物語』(Kamikaze Girls)などをあげることができる(ちなみにこのレーベル名は、日米の歴史が反転した平行世界を描くフィリップ・K・ディック『高い塔の男』(The man in the High Castle)のHigh Castle部分を日本語読みしたものである)。ライトノベルもこのHaikasoruレーベルで翻訳出版され、カバーや本文中のイラストはきれいに無視された。『ロケットガール』(Rocket Girls)(写真2)などの事例をみることができるが、これも本文のイラストと著者による「あとがき」を省いている。

日本で出版されたときの体裁を踏襲しようとする動きがなかったわけではない。Viz Media社は『灼眼のシャナ』(Shakugan no Shana)を出版する際には、Viz Fictionという新レーベルで、カバー、本文イラスト、「あとがき」に至るまで全て原作を踏襲した(写真3)。タイトルも翻訳さえしておらず日本語をローマ字表記

写真2-1

写真2-2

写真3-1

写真3-2

したただけである。しかし、これは第一巻を発行しただけで終わり、以後、Viz Mediaはこうした形式で出版することはしていない。Seven Seas社も『しにがみのバラッド。』(Ballad of a Shinigami)(これも「しにがみ」をそのままローマ字表記している)を出版する際はLight Novel と銘打ち、判型を日本と同じ文庫本サイズにしてイラストから「あとがき」に至るまで原作を尊重し、カバー裏には「ライトノベルって何?」と題して、ライトノベルというスタイルの解説までしている(写真4)。しかし、これまた第一巻で終わった。こうして、日本のオリジナルの体裁のままではアメリカ市場では売れないという事例が残されることになった。

Tokyo Pop社の場合でも、出版する本ごとにその対応を変えていたような印象である。初期の『スレイヤーズ』ではMang Novelというレーベル名をつけてオリジナルのイラストを活用していたが、その後はレーベル名はPop Fictionに変更し、前述したように『Missing』ではイラストはまったく用いていない。

結局のところ、これらマンガ翻訳を手がけた独立系三社のライトノベル翻訳出版事業は試行錯誤だったと思われる。発行巻数を見ていても、そのほとんどが最初の数巻を出せればいいほうで最終巻まで出版された例がない。おそらくは、『スレイヤーズ』の八巻が最長記録だと思われるのだが、それを出したTokyo Pop社が二〇一一年に倒産してしまった。Seven Seas社も撤退していて、この二社のライトノベル翻訳事業は成功しなかったと総括することができるだろう。その一方で、大手系列の出版社が〇八年頃からライトノベル翻訳に乗り出すことになる。

写真4-1

写真4-2

2　ライトノベルの英語翻訳事例2
——大手系列出版社の場合

アメリカ市場では、多くの出版社が系列化されている。そうした会社のなかでライトノベル翻訳を手がけたのが、Del Ray、Yen Press社、Little, Brown Book社の三社だった。前二社が日本マンガの翻訳をもともと手がけていた出版社で残りが児童・ヤングアダルト向け出版社である。

Del Reyは、ランダムハウス社の系列であるバレンタイン社のSF部門のレーベルで、コミック版の『スターウォーズ』などを手がけていて、最近では講談社

写真5-1

写真5-2

と契約して日本マンガを翻訳して出版してきた。ライトノベルでは二〇〇八年に西尾維新の『戯言シリーズ』（Zaregoto）を出している（写真5）。カバー、本文中のイラスト、各種のロゴ、著者の「あとがき」などの一切を日本のオリジナルどおりの体裁にそろえて第一巻と第二巻（二〇一〇年）が出版されたが、そこで終わり、予告されていた奈須きのこ『空の境界』（上・下〔講談社ノベルス〕、講談社、二〇〇四年）もついに出ることはなかった。ライトノベルからの撤退と見ていい。

　これとは対照的に、Yen Press社はライトノベル翻訳出版事業の唯一の成功事例となっている。この会社は、フランスのコングロマリットであるHachette社のアメリカ法人のコミック部門で、やはり日本マンガの翻訳を手がけていた。この会社が、同じHachette系列であるLittle, Brown Book社と共同で二〇〇九年に翻訳出版したのが『涼宮ハルヒの憂鬱』（The Melancholy of Haruhi Suzumiya）である。Little, Brown Book社は児童／ヤングアダルト文学の老舗ともいうべき存在で、古くは『チップス先生、さようなら』（Goodbye, Mr.Chips）、『ライ麦畑でつかまえて』（The Catcher in the Rye）のような名作から、現在はバンパイア小説のヒット作『トワイライト』（Twilight）までを手がけている名門出版社だ。この二社が『涼宮ハルヒ』を共同で出版した経緯はよくわからないが、カバーにオリジナルと同じイラストを用いたハードカバー版と、カバーのイラストを抑えて主人公のシルエットを小さくあしらったペーパーバック版の二種類を同時発売した

写真６-１

写真６-２

写真６-３

（写真６）。出版は成功したらしく、二版同時発売というスタイルを維持しながら一三年に最終巻『涼宮ハルヒの驚愕』（The Surprise of Haruhi Suzumiya）を発行している。

Yen Pressは続けて『〝文学少女〟』（Book Girl）、『キーリ』（Kieli）、『狼と香辛料』（Spice and Wolf）をいずれもLittle, Brown Book社から離れて単独で翻訳し、成功した。文学少女は二〇一四年に全八巻を、『キーリ』は一三年に全九巻を完結させ、オリジナルが未完結な『狼と香辛料』は十四巻までを出している（二〇一五年四月現在）。

本の体裁という面でいうと、Yen Pressも試行錯誤していたものと思われる。たとえば『キーリ』はカバーにモノクロ写真を用いたものだ（写真7）。ここに写っている「古ぼけたカメラ」自体は作中でのキャラクター（ライトノベルでよく見られる、しゃべる無生物キャラクターの例）なのだが、アニメ・マンガ風イラストではない。『文学少女』のカバーはオリジナルのイラストを切り取って、再構成している（写真8）。『狼と香辛料』のカバーは一見、写真を用いたものだが、カバーをとるとオリジナルのイラストを用いたも

写真7－1

写真7－2

のが出てくる（写真9）。

『狼と香辛料』の事例から推測されることは、オリジナルと同じものを望むコアなファン層の存在と、書店で（あるいはウェブの販売サイトで）書店員が書棚に並べて一般読者が手に取るように仕向けたい販売戦略との葛藤である。いままで紹介してきた事例中、日本のオリジナルから離れている例としてきた『Missing』

写真8－1

写真8－2

にしても『キーリ』にしても『狼と香辛料』のカバーにしても、アメリカのヤングアダルト小説のカバーとしては、まったく違和感はない。つまり、そうしておけば、既存のヤングアダルト小説の枠のなかで流通させることができるのである。もっとも、『狼と香辛料』はそうした戦略をとる必要もないと判断されたらしく、第二巻からはヤングアダルト風のカバーはつけ

写真9-1

写真9-2

写真9-3

なくなっている。

好調だったこれらの業績を踏まえて、二〇一四年にYen Pressは今後一年に二十四本のペースでライトノベルを翻訳すると発表。現在『ソードアート・オンライン』（Sword Art Online）、『アクセル・ワールド』（Accel World）、『とある魔術の禁書目録』（A Certain Magical Index）、『ダンジョンに出会いを求めるのは間違っているだろうか』（Is It Wrong to Try to Pick Up Girls in a Dungeon?）、『ノーゲーム・ノーライフ』（No Game, No Life）、『ログホライゾン』（Log Horizon）、『はたらく魔王様！』（The Devil is a Part-Timer）などが翻訳されつつある。Tokyo Popが〇四年に手をつけて以来、十年たってようやくライトノベルの翻訳は軌道に乗ったと言えるのかもしれない。

『アルスラーン戦記』でたどる「ファンタジーフェア」の軌跡

山中智省
TOMOMI YAMANAKA

さまざまな資料からライトノベルの歴史を解き明かしていく連載「ラノベ史探訪」。第一回では、ライトノベルが現在の姿を確立させた黎明期とも言える一九八〇年代をピックアップする。

二〇一五年四月、印象深い「突撃開始《ヤシャスィーン》!!」の掛け声とともにテレビアニメ『アルスラーン戦記』の放送がスタートした（MBS／TBS系）。王太子アルスラーンの英雄譚を迫力ある映像で描く本作は周知のように、『鋼の錬金術師』（〔ガンガンコミックス〕、エニックス、二〇〇二―二〇一〇年）や『銀の匙　Silver Spoon』（〔少年サンデーコミックス〕、小学館、二〇一一年―）で著名な荒川弘の同名マンガ（〔講談社コミックス〕、講談社、二〇一四年―）をアニメ化した作品である。そんな荒川のマンガもまた、『銀河英雄伝説』『創竜伝』『タイタニア』などで知られる田中芳樹のファンタジー小説『アルスラーン戦記』（〔光文社カッパ・ノベルス〕、光文社、二〇〇三年―）を原作とするコミカライズであり、大物作家のタッグが生み出す「世界最高の歴史ファンタジー」として発表当初から話題を呼んだ。「別冊少年マガジン」での連載開始から一年ほどたった一四年十一月、『アルスラーン戦記』のアニメ化が発表されると注目はいっそう高まり、放送直前の一五年二月にはコミック本既刊三巻のシリーズ累計が二百五十万部を突破。現在も、テレビアニメの好評を追い風にしながら順調にヒット街道を進み続けている。

このように絶賛「突撃開始!!」中の『アルスラーン

戦記』だが、コミカライズやアニメ化が発表された当初は読者や視聴者の間で「なぜいまさら?」という声も聞かれたことだろう。なにしろ原作小説の初出となった角川文庫版の刊行開始は一九八六年であり、既に三十年近くが経過している。また、以前にもカセットブック化、劇場アニメ化、OVA化、ゲーム化のほか、中村地里によるコミカライズといったメディアミックスがおこなわれ、九〇年代中頃にはいったん終息を迎えた。それでも再度の大々的なメディアミックスが実現できたのは、いつの時代にも受け入れられるファンタジーの素地を『アルスラーン戦記』という作品が持ちえたからこそだが、その詳細な検証はひとまず別の機会に譲ろう。

連載一回目の今回は、人気再燃中の『アルスラーン戦記』を道標に、原作小説の刊行が始まった一九八〇年代後半へと目を向けてみたい。折しも当時の日本にはファンタジー・ブームが到来し、関連諸作品が国内で急速に広まりを見せたなか、ライトノベル史(ラノベ史)に含めておきたい出来事が数多く起こっている。なお、拙稿「ライトノベル史再考――『聖エルザクルセイダーズ』に見る黎明期の様相から」(一柳廣孝/久米依子編著『ライトノベル・スタディーズ』所収、青弓社、二〇一三年)でも指摘したように、さまざまなジャンル/メディア/文化の潮流が存在した八〇年代後半で、ファンタジー・ブームはあくまで同時代の一状況として捉えておくべきだろう。とはいえ、当時のファンタジーをめぐる動向の盛況ぶりには特筆すべきものがあり、ライトノベルの発展に深く関与したことは疑いようがない事実である。そこで今回は八〇年代後半の状況を知る第一歩として、まずはファンタジーという観点から当時のラノベ史にアプローチしてみたい。

さて、先に道標として設定した『アルスラーン戦記』だが、田中芳樹による小説の第一巻『王都炎上アルスラーン戦記①』(図1)は一九八六年八月に刊行されている。興味深いのは、刊行元の角川文庫が『アルスラーン戦記』を単なる新刊としてではなく、同文庫主催の「書下し・オリジナルファンタジーフェア」と連動させて世に送り出していた点だ(図2)。同フェアは「ようこそ、王国へ。ヒーローが、ヒロインが、夢より速く駆け抜ける。角川文庫の新世界。それは、ファンタジーの王国だ。」をキャッチフレーズに計二十二作品をラインナップに加え、一見してファンタジー特化型のフェアだと容易に想像できるのだが、実態は必ずしもそうとは言えなかった。なぜなら「ファンタジーフェア」を大々的に謳いながらも、たとえば火浦功『大熱血。未来放浪ガルディーン①』(〔角川文庫〕、角川書店、一九八六年)のような、本来はSFに分類される作品がラインナップに含まれていたのである。その様子は大森望/三村美衣『ライトノベル★めった斬り!』(太田出版、二〇〇四年)のなかで三村が「実際出た本の中にファンタジーがほとんどなくて、《アルスラーン戦記》くらい。この頃はSFもファンタジーと呼んでいたのかな?」と違和感を述べるほどだった。すなわち、かなり広範な意味での「ファンタジー」作品を取り揃えた同フェアで、『アルスラーン戦記』は貴重な「正統派」の一作として強い存在感を放っていたのである。

「書下し・オリジナルファンタジーフェア」の作品ラインナップ

片岡義男『桔梗が咲いた』/赤川次郎『ロマンティック』/新井素子『眠たい瞳のお嬢さん 結婚物語(上)』/新井素子『正彦くんのお引っ越し 結婚物語(中)』/菊地秀行『淫魔宴』/喜多嶋隆『バトン・ガールは、もう泣かない』/眉村卓『迷宮物語』/富野由悠季『ファウ・ファウ物語(上)』/藤川桂介『銀河AVE. 0番地①』/藤川桂介『銀河AVE. 0番地②』/山田正紀・永井豪『暗黒の序章 マシンガイ竜』/永井泰宇『バイオレンス・ジャック① 東京滅亡編』/井沢元彦『叛逆王ユニカ』/斉藤英一朗『T・T過去からの殺し屋』/斉藤英一朗『快盗戦士T・T』/斉藤英一朗『盗賊!T・Tを追え』/田中芳樹『王都炎上 アルスラーン戦記①』/大原まり子『金色のミルクと白色い時計』/火浦功『大熱血。未来放浪ガルディーン①』/岬兄悟『バックサイド・ハンター!次元調査員サディスティック・マーリヤ』/窪田僚『放課後、アイスティ』/手塚治虫(原作)・山崎晴哉(著)『火

図1　田中芳樹『王都炎上 アルスラーン戦記①』(〔角川文庫〕、角川書店、1986年)

図2－3　雑誌広告（「獅子王」1986年10月号掲載、朝日ソノラマ）

図2－1　文庫チラシ「書下ろし・オリジナルファンタジーフェア」（表）

図2－2　文庫チラシ「書下ろし・オリジナルファンタジーフェア」（裏）

の鳥 鳳凰編』（以上、二十二作品）

さらに「書下し・オリジナルファンタジーフェア」のいまひとつの特徴は、文庫カバーなどのイラストがセールスポイントになっていた点である。実際にフェア開催時の文庫チラシや雑誌広告を見ると、作家名や作品名と並んでイラスト担当者が併記されており、随所に当時の人気イラストレーターたちの名を確認することができた。そもそも「書下し・オリジナルファンタジーフェア」を掲げる以上、フェアの本質は文字どおり「書下し」小説にあったわけだが、一方で、人気イラストレーターが手がけるイラストを使ってフェアに独自色を出したのである。それは『王都炎上 アルスラーン戦記①』を担当した天野喜孝のほか、永井豪、高田明美、出渕裕、安彦良和、美樹本晴彦らのイラストを使用したポスターのプレゼントキャンペーンをはじめ、原画展やサイン会の開催、記念テレホンカードの発売など、イラストに関連した企画の多さからもうかがえるだろう（図3）。

　こうした企画推進の原動力となったのは、読者獲得のためにイラストを重要視した角川書店の販売戦略で

図3　プレゼント企画で用意された特製ポスター

ある。たとえば、角川書店のアニメ雑誌「月刊ニュータイプ」一九八六年五月号の「ノベルズ畑でアニメがとれた!!」という特集を見てみよう。この特集は「アニメやマンガに親近感」を持ち、「生まれた時からアニメやマンガなど、映像的な表現に深くかかわっているニュータイプ」が求める、「読むだけでキャラクターを頭の中で動かすことのできるニュータイプ・ノベルズ」を取り上げたものである。なかでも「アニメーターは「さし絵」の常識を変えた！」（図4）と題された特集内記事には、角川書店編集者による以下のような証言が掲載され、イラストを重視した販売戦略の一端を垣間見ることができる。

「カバーは本の顔である」という考えから、角川はイラストを以前から重視してきました。角川文庫・カドカワノベルズというふたつのシリーズがありますが、両方とも口絵や本文イラストを増やし、ヴィジュアル世代にアピールしています。アニメーターやキャラクターデザイナーの絵を使うことが増えているのも、そうした事情によるものです。

現在は藤川桂介さんの「宇宙皇子」「ウインダリア」（画・いのまたむつみ）、「銀河アベニュー0番地」（画・豊増隆寛）。富野由悠季さんの「リーンの翼」（画・湖川友謙）。高千穂遥さんの「ダーティペアの大冒険」（画・安彦良和）。斉藤栄一郎さんの「怪盗戦士T・T」（画・美樹本晴彦）などが主なところですが、八月にニューウェーブフェア（仮）と題し、続々と刊行が予定されています。期待してください。

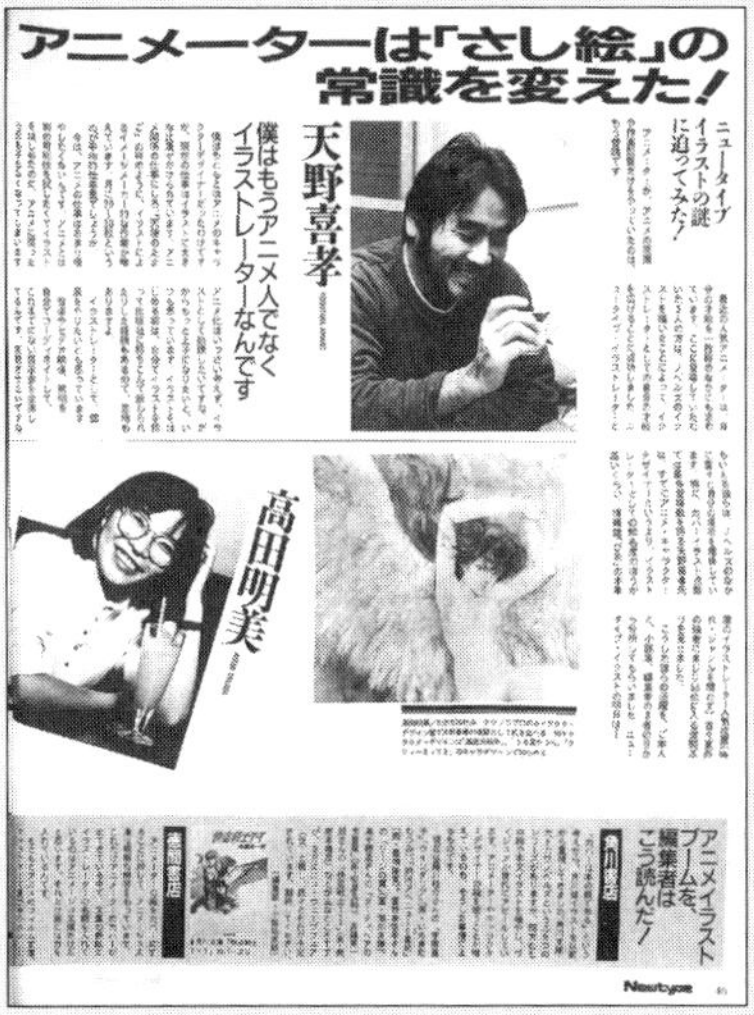

図4　「アニメーターは「さし絵」の常識を変えた！」（「月刊ニュータイプ」1986年5月号掲載、角川書店）

ここで言う「ニューウェーブフェア（仮）」がのちの「書下し・オリジナルファンタジーフェア」を指すと見て間違いないだろう。すなわち同フェアは、小説とイラストのコラボレーションによって「ヴィジュアル世代にアピール」するという、角川の既定路線を継承して企画されたのである。なお、同記事ではアニメーターでありながらイラストの仕事もこなす「ニュータイプ・イラストレーター」として、天野喜孝、高田明美、いのまたむつみを紹介し、続く「ニュータイプ作家たちの予言書」では、高千穂遥、鳴海丈、藤川桂介、新井素子らが小説とイラストの関係性に言及している。また、OVA化を果たした岬兄悟『魔女でもステディ』（〔ハヤカワ文庫 JAラヴ・ペア・シリーズ〕、早川書房、一九八五年）を特集冒頭で取り上げ、岬兄悟、とり・みき、高橋美紀のインタビューを掲載しながら、彼らを「ノベルズ世代のニュータイプたち」と見なしていた。終始「ニュータイプ」を強調するこの特集には、のちの「書下し・オリジナルファンタジーフェア」に名を連ねる作家やイラストレーターが多数参加している。記事掲載の時期に鑑みれば、特集自体がフェアへの周到な布石であり、新しいムーブメントの到来を読者に告げる場だったのかもしれない。

ところでいまさらの話題ではあるのだが、「書下し・オリジナルファンタジーフェア」における販売戦略は、かつてのソノラマ文庫や現在のライトノベルを彷彿させる。おそらく現在のライトノベル読者からすれば、先の戦略はいまや日常的に目にする光景であり、決して珍しいものではなかったはずだ。しかし、同フェアで注目すべきはこれだけにとどまらない。具体的には、フェアの効果持続を目的として、角川文庫が開催翌月の九月上旬に新刊を刊行しなかったというその徹底ぶりである。ここまで力が入ったフェア展開は珍しく、ファンタジーの盛況ぶりが追い風となったのもさることながら、角川文庫が自らの販売戦略に抱いていた自信と期待が背景にあったのだろう。

そんな角川文庫の企図が垣間見えた「書下し・オリジナルファンタジーフェア」は、「出版月報」一九八六年九月号（全国出版協会出版科学研究所）によれば「発売三日目で八～九割方売れるという大へんな好成績」を収めたという。勢いに乗る角川文庫は以後も同種のフェアを継続的に打ち出していった。一九八七年に『落日悲歌 アルスラーン戦記③』を含む「書下し・オリジナルファンタジーフェア」を再度開催したあと、八八年の「新青春&ファンタジーフェア」、八九年の「宇宙皇子&書下しファンタジーフェア」など、角川文庫はファンタジー路線へと一気に舵を切っていく。さらに、若い読者を対象とした人気作家・作品を中心とした角川文庫・青帯（角川スニーカー文庫の前身）の設置と合わせ、角川文庫は若年層読者の支持を着実に広げたのである。そして競合する他社も「角川に独り勝ちはさせぬ」とばかりに新レーベル創刊や対抗フェアで追随し、若年層向け小説市場はにわかに激戦状態へと突入していった。「出版月報」一九八七年一月号（全国出版協会出版科学研究所）は当時の様子を以下のように伝えている。

〈ティーンズ向け文庫市場、大激戦に〉

一月末に「講談社X文庫」に新シリーズ「ティーンズハート」が登場しますが、「コバルト文庫」のジャンルへ進出です。これで苦戦している「X文庫」をテコ入れしようということですね。九月の〝ファンタジーフェア〟で大成功をおさめた角川文庫は、この三月に同じような〝伝奇書き下ろしファンタジー・フェア〟を予定しています。

前のフェアでは超売れっ子作家の作品を揃え、イラスト・カバーで従来にない魅力を出したほか、サイン会や表紙の原画展、ポスターにして読者サービス等をやりましたが、次回も勿論、「X文庫」でもこういった仕掛けをやります。
　いずれにしろティーンズ向け文庫分野は大激戦で、従来の文庫と一線を画して、一つの群が出来つつあるようです。棚構成もコミックに近い方が回転がいいというデータもありますが、陳列に工夫が要求されます。

図５　富士見ファンタジア文庫の創刊ポスター

こうした熾烈な販売競争が繰り広げられるなか、富士見ファンタジア文庫や角川スニーカー文庫といった文庫レーベルが相次いで創刊され、現在に至るライトノベルの礎を築いていく。その先駆けとなった富士見ファンタジア文庫は、一九八八年一月に母体雑誌となる「ドラゴンマガジン」が創刊されたあと、同年十一月から作品刊行をスタートさせた。ちなみに記念すべき第一作が田中芳樹『灼熱の竜騎兵 PART1 惑星ザイオンの風』（［富士見ファンタジア文庫］富士見書房、一九八八年）だったのは単なる偶然だが、『アルスラーン戦記』を道標に始まった今回の「ラノベ史探訪」としては感慨深いものがある。さて、そろそろ紙幅も尽きた。最後に「ドラゴンマガジン」の初代編集長であり、富士見ファンタジア文庫の創刊に携わった小川洋の証言を紹介しよう。『ライトノベル完全読本』（日経BP社、二〇〇四年）所収のインタビューで、小川は富士見ファンタジア文庫創刊当時の様子を次のように振り返っている。ここからもやはり、八六年の「書下し・オリジナルファンタジーフェア」の影響がはっきりとうかがえる。

　創刊の一つの背景として、当時巻き起こったゲームブックブームに対して上司から「富士見に編集者が必要だ、お前がやれ」と、私が言われたことです（笑）。ですから、当時は『ドラゴンランス戦記』などの翻訳本をやっているだけで、ファンタジア文庫創刊の雰囲気は全くなかった。でも、やっぱり小説がやりたいと言い続けていたとき、八六年九月に角川がやったファンタジーフェアなどの成功があって、レーベル創刊の企画が通ったんですよ。すると今度は「これをやるには新人賞が必要だ。新人賞をやるには雑誌が必要だろ」となって「お前が編集長やれ」と。当時は本当に精いっぱいでした。それまでペーペーの編集者にすぎなかった私が、いきなり雑誌を立ち上げろみたいなことを言われて（笑）。四苦八苦して「ドラゴンマガジン」を創刊して、その後に文庫をスタートさせました。

一九八〇年代後半のファンタジー・ブームにおいて若年層向け小説市場の活性化を促し、現在のライトノベルに至る潮流を準備したという点で、角川文庫の「書下し・オリジナルファンタジーフェア」が果たした役割は非常に大きいと言える。しかし、これまで同時代を経験した当事者たちが回想的に語る機会こそあったものの、詳細な状況把握はいまだ道すがらという感が否めない。だからこそ、もしこの連載「ラノベ史探訪」が、時代を超えて読み継がれる『アルスラーン戦記』にふれた方々をはじめ、多くの読者にとって当時を振り返るきっかけになれたなら幸いである。

［補記］本稿はＪＳＰＳ科学研究費補助金（挑戦的萌芽研究15K12848「現代日本におけるメディア横断型コンテンツに関する発信および受容についての研究」、研究代表者：大橋崇行）の助成を受けたものである。

連載◉ライトノベル時評（第1回）

ライト文芸の流行と今後の展望

TAKAYUKI OHASHI
大橋崇行

1　ライト文芸の流行

二〇一四年頃から「ライト文芸」と呼ばれる小説群が非常に勢いを増していて、レーベルの創刊ラッシュが続いている。具体的には、KADOKAWAがアスキー・メディアワークスの編集で刊行しているメディアワークス文庫に、富士見L文庫、集英社オレンジ文庫、新潮文庫nex、朝日エアロ文庫などが加わったものがそれにあたる。さらに今後は講談社タイガ、毎日新聞社のμNOVELをはじめ、より大きく広がりをみせる方向に向かっている。

これらの書籍は従来、雑誌「ダ・ヴィンチ」（メディアファクトリー）で「キャラ立ち小説」、「日経エンタテインメント」（日経BP社）で「キャラノベ」、宝島社のムック『このライトノベルがすごい！』でライトノベルと一般文芸との境界線上にあるということで「ボーダーズ」と呼ばれてきた作品群の後継にあたる。現在でも、「朝日新聞」二〇一五年四月十四日付（東京版夕刊、文化面）の記事と集英社オレンジ文庫で「ライト文芸」、「ダ・ヴィンチ」の二〇一五年六月号特集で「キャラ文芸」と称しているなど、まだ呼び方に揺れがある状態ではある。しかし、おおよそ「ライト文芸」の呼び方で定着しそうな状況になりつつある。

特にライトノベル読者の間では、マンガやアニメーションを思わせるイラストがあり、作中人物がそれを連想させるキャラクターとして作られていることから、これらもライトノベルとして位置づけようという向きが少なくない。

しかし、読者の立場からの言説が圧倒的に多く、書き手や編集者が持つ視点が欠けていることが多いのはライトノベル言説での特徴であり、大きな問題点のひとつである。そのことが、「ライト文芸」と呼ばれる書籍群の特徴が見えにくい要因にもなっている。そのなかで「ライト文芸」は、作り手の側の視点に立ったときにはじめて従来の文庫版ライトノベルとの差異が見え、考え方を異にしていることがわかるという、典型的な書籍群なのである。

2 ライト文芸の読者

実際には、「ライト文芸」と呼ばれている書籍のなかでも、多様な作品が書かれているというのが現状である。しかし、これらの作品群の最も大きな特徴は、従来の文庫版ライトノベルと想定する読者層が異なっていることである。

たとえば、拙著『ライトノベルから見た少女/少年小説史――現代日本の物語文化を見直すために』(笠間書院、二〇一四年)では、ライトノベルを次のように規定した。


主として中学生から大学生にかけての学生を想定読者とし、まんがやアニメーションを想起させるイラストを添えて出版される小説群のこと。また、物語の作中人物も、まんがやアニメーションに登場する「キャラクター」として描かれる、キャラクター小説である。


すなわち、ライトノベルの場合は、電撃文庫やMF文庫Jなど、中学生や高校生の男性読者、コバルト文庫のような少女向けレーベルなら中学生や高校生の女性読者、読者を想定して作られている。これに対して「ライト文芸」は、二十代以上の読者を想定して書かれている。また、実際にその読者層は大きく異なっていて、働く女性を描いたコージーミステリーが多く書かれるなど、内容的にも女性向けのものが強く意識されている。

そしてこのような読者層の差異は、小説の内容や題材だけでなく、文体や語彙、小説全体としての構造に、大きく関与する。小説について考えるためには、イラストやキャラクターについてだけでなく、これらの問題を含めて総合的に捉える必要があるわけだが、この部分は従来のライトノベル言説に欠けていた、もうひとつの領域だといえるだろう。

3 読者層による「小説」の差異

それでは、読者層の差異は、小説の書き方に具体的にどのような差異を生み出すのだろうか。

この問題については、たとえば児童文学、新書判の子ども向けエンタテインメント小説を例にとるとわかりやすい。これらの小説を書くときは、小学六年生までに習う教育漢字千六字しか使えなかったり、小学生が国語の授業で習う語彙のなかで小説を書かなくてはいけないなどの制約が出てくる。

「おっこちゃん、だいじょうぶ?」

佳鈴ちゃんがおっこの手を握りなおしてきた。

おっこは、はっとわれにかえった。

「ありがとう。なんだかいろいろ考えこんじゃって……。」

おっこは佳鈴の手のあたたかさに、ほっとしながらお礼をいった。

(令丈ヒロ子『若おかみは小学生! PART20』〔講談社青い鳥文庫〕、講談社、二〇一三年)

ここでは、「あたたかさ」「われにかえった」という通常であれば漢字で書くはずの表現がひらがなに開かれているだけでなく、「お礼をいった」のように語彙をよりわかりやすいものにしようという意識が見て取られる。また、石崎洋司の『黒魔女さんが通る!!』シリーズ(〔講談社青い鳥文庫〕、講談社、二〇〇五年―)はより極端に、会話文だけでなく地の文も口語的にして、できるだけ話し言葉に近いかたちで書こうという方向性が認められる。

ライトノベルでも、これに近いことが起こっている。

栗色の長いストレートヘアを両側に垂らした顔はちいさな卵型で、大きなはしばみ色の瞳がまぶしいほどの光を放っている。小ぶりだがスッと通った鼻筋の下で、桜色の唇が華やかな彩りを添える。すらりとした体を、白と赤を基調とした騎士風の戦闘服に包み、白革の剣帯に吊されたのは優雅な白銀の細剣。（略）

　つまり彼女は、容姿においても剣技においても六千のプレイヤーの頂点に立つ存在なわけで、それで有名にならないほうがおかしい。当然、プレイヤーの中には無数のファンがいるが、中には偏執的に崇拝する者やらストーカーまがい、更には反対に激しく敵視する者もいて、それなりの苦労はあるようだ。

（川原礫『ソードアート・オンライン1　アインクラッド』〔電撃文庫〕、アスキー・メディアワークス、二〇〇九年）

川原礫『ソードアート・オンライン1　アインクラッド』でアスナが最初に登場する場面だが、ここにはライトノベルでの表現上の特性がいくつか見て取られる。

　ひとつには、「栗色の長いストレートヘア」以下、キャラクターについての非常に視覚的な描写が多く見られることだ。これは、ライトノベルが書かれるときに編集者から非常に多く指示されるものである。通常、ライトノベルでイラストが入るのは一冊を書き終えたあとなのだが、イラストが入らない段階でも、視覚的にキャラクターの様相が把握できるように書くことを要請される。一般文芸ではこういったものを書き込まないことによって、作中人物の容姿をある程度読者の想像にゆだねるのだが、ライトノベルではむしろそれを固定化し、イラストによって強固にイメージさせていく手法が採られる。

　また、「つまり」以下の部分は、よりライトノベルの特徴的な記述だといえる。小説は一般に物語世界で起きた「出来事」を書くものと位置づけられていて、たとえ描写を入れるにしても、あまり説明的にならないように書くことが求められることが多い。これに対してライトノベルでは、できるかぎり説明し、読者が内容を把握しやすくすることが求められる。すなわち、あくまで中・高生を想定読者としているため、そのような読者がいちいち解釈をおこなわなくても文章だけで内容が具体的に把握しやすいように工夫が施されているのである。読者に求められる読解力の水準は、語彙や文体だけでなく、読者にどこまで解釈をゆだねるかという部分によって大きく規定される。それがライトノベルでは、より読解力の低い読者でも読むことができるように書かれているのである。

このほかにも、想定読者である中・高生は自意識がとても強い時期であるため、そういう読者が好むような語彙や言い回しをあえて入れたり、あるいは、少年向けラノベは少年マンガ、少女向けラノベは少女マンガを意識しているので、たとえば少年向けラノベであれば、どうしても男性の登場人物の置き方に制限が出てくる。

一方で二十代以上の読者は、少なくともライトノベルが想定している十代よりは説明を自分で補いながら読めるため、余計な説明はむしろ省いて、その分だけそれ以外の要素――たとえば作中人物の内面や情景描写を書くことになる。また、ひとつの場面を説明的に長く引っ張る必要がないため、ストーリーの展開を早くしてより大きく膨らませたりすることもできる。そういう意味で、作家としては、表現の幅が求められることになる。また、小説の文章の書き方そのものに対して十代よりも目が厳しいため、たとえばライトノベルでよく見られるような地の文に口語的な表現を入れていくことは難しくなる。

このように、同じ「小説」という様式を持っているテクストだったとしても、想定する読者層や男女の別によって、その具体的な書き方に差異が出てくることが少なくない。よくエンタメ小説では「読者を意識する」というが、これは特に小説家を目指している層に、「売れ線」の作品を書くことであると誤解されていることが多い。しかし、「読者を意識する」とはそれだけのことではなく、読者を意識することによって、小説の表現、語彙といった文章のレベルでも書き換えるということが含まれているのである。

作家は作品を書いているとき、実際にはこのような作業を無意識にやっていることが少なくない。このような表現様式が書き手のリテラシーとして集積され、意識しなくても書き分けられるような状態になる過程が、小説のカテゴリー、ジャンルの編成過程そのものなのである。そのなかで、こういった小説の書き分けによる差異は小説が作られる現場に携わる側にとってはきわめて基本的なことがらである一方で、小説の読者の側には最も把握されにくい部分だろう。このことは、ライトノベル言説で、少女向けライトノベルと少年向けライトノベルとの差異がほとんど顧みられることがないという問題にも通底しているように思われる。

4 ライト文芸の著者

以上のような表現上の差異を押さえたうえで、「ライト文芸」の担い手についても見ていきたい。この点については、大まかにいってふたつの層で構成されているといえる。

ひとつは、ライトノベルから「ライト文芸」に入っていく方向である。『絶対城先輩の妖怪学講座』(〔メディアワークス文庫〕、アスキー・メディアワークス、二〇一三年)の峰守ひろかずや、『ガーデン・ロスト』(〔メディアワークス文庫〕、アスキー・メディアワークス、二〇一〇年)の紅玉いづき、『いなくなれ、群青』(〔新潮文庫nex〕、新潮社、二〇一四年)の河野裕、『お伽鬼譚』(〔T-LINE NOVELS〕、辰巳出版、二〇一五年)の竹林七草のように、もともと十代の読者に向けてライトノベルを書いていた作家が、二十代の読者に向けて新たに書いていくというケースである。また、特にKADOKAWAのアスキー・メディアワークスが主催する「電撃大賞」は、十代を想定読者にしたライトノベルである電撃文庫と、二十代を想定読者にしてメディアワークス文庫との両方を、同時に募集していることが特徴だろう。

ここには、ライトノベル作家をめぐる事情も関わっている。従来のライトノベルは十代に向けて書くわけだが、この世代は常に入れ替わるため、数年がたつと読者ががらりと入れ替わることになる。したがって、ライトノベル作家として継続的に書いていくためには、それに合わせて作品を変えていく必要がある一方、作家自身も年齢を重ねていくため、長年にわたってライトノベル作家として続けていく作家はいるものの、これは非常に難しい。しかし、新たに若い読者を獲得することは難しくても、十代の頃に読んでいた読者はすでにライトノベル作家についていていて、作家の側にはストーリーを書く力もある。そういった作家に、もうひとつ上の世代を対象にした作品を書かせることで、想定読者と実際の読者との隔たりを少なくし、さらに新しい読者を獲得していこうというするのが「ライト文芸」だという側面がある。

もうひとつ、より注目すべき事柄として挙げられるのは、もともと一般向けの文芸作品を書いていた作家が、作中人物をキャラクター化することで「ライト文芸」を書いているケースだろう。『天久鷹央の推理カルテ』（「新潮文庫nex」、新潮社、二〇一四年）の知念実希人や、『こちら、郵政省特別配達課』（「新潮文庫nex」、新潮社、二〇一四年）の小川一水、『王子になるまでキスしない』（「朝日エアロ文庫」、朝日新聞出版、二〇一五年）の木宮条太郎、『夢想機械――トラウムキステ』（「T－LINE NOVELS」、辰巳出版、二〇一五年）の村松茉莉などがそれにあたる。これは、先に挙げた東川篤哉『謎解きはディナーのあとで』（小学館、二〇一〇年）や似鳥鶏の「戦力外捜査官」シリーズ（河出書房新社、二〇一二―一四年）などが好評だったことから生じてきた流れだと言える。

このような状況は、ライトノベル読者から見ればライトノベルが広がったというように見える。一方で一般文芸のエンタテインメント小説を読んできた読者から見ると、一般文芸がキャラクター化したように見える。したがって、たとえばライトノベルが一般的に認められた、あるいは、一般文芸がライトノベル化したとか、どちらか一方の立場をとる言い方でこれらの書籍群を捉えることは、ほとんど意味をなさないだろう。ただ、現在刊行されている「ライト文芸」は、表現や内容の面で従来の文庫版ライトノベルよりは少なからず一般文芸のほうに寄っているため、実際に制作している側の視点から見ると、これを単純に「ライトノベルだ」といってしまうことはできない。ライトノベル的なキャラクターを持ちながら、基本は一般文芸である、けれどもライトノベルの読者のほうも見ていないわけではないという意味で、集英社オレンジ文庫や、「朝日新聞」の文化面記事で用いられた「ライト文芸」という名称は、的を射ているものと思われる。

5　ライト文芸の現状と今後の展望

一方で、ライト文芸にも、すでに少なからず問題は見えてきている。たとえば、メディアワークス文庫や富士見L文庫の多くの作品がコージー・ミステリーに傾倒している。作品の傾向が少なからず偏り始めているのである。

だが、このように作品傾向に偏りがある書籍は飽きられるのも早いため、このままの状態が続けば、それほど長続きせずに収束する可能性も少なくない。したがって、今後はどのように面白い作品、読者に受け入れられる作品を出していくことができるかが、やはり重要になるだろう。

また、「ライト文芸」はマンガやアニメだけでなく、実写ドラマや実写映画に展開しやすいことが、いちばんの強みだと思われる。しかし、小説の読者とテレビドラマの視聴者とのあいだでは、好む作品の傾向に隔たりがある場合が少なくない。たとえば、「ライト文芸」では三上延『ビブリア古書堂の事件手帖』(〔メディアワークス文庫〕、アスキー・メディアワークス、二〇一一年)のような古書を題材にしたものが少なくないが、これらは書店で売られるときに書店員や小説の読者には当然本を好む層が多いため目に付きやすく、売り場での注目を浴びやすいということが挙げられる。一方、小説で人気を得ていても、これがテレビドラマの視聴者に結び付くわけではないため、ドラマ化したときに視聴者がなかなかついてこない。このような意味でも、今後のライト文芸は、どれだけ多様な作品を輩出していけるかという点が、最も大きな問題となるように思われる。

『ラノフロ』発進！——あとがきにかえて

一柳廣孝

『ライトノベル・フロントライン』が発進した。『ライトノベル研究序説』（一柳廣孝／久米依子編著、青弓社、二〇〇九年）から『ライトノベル・スタディーズ』（一柳廣孝／久米依子編著、青弓社、二〇一三年）へと歩を進めてきたわがライトノベル研究会は、大橋崇行、山中智省両氏を新たな推進役に指名し、より積極的にライトノベル・ワールドに打って出る。ライトノベルの実作者として数冊の著書を執筆し、さらにライトノベルを近代以降の少年小説・少女小説の系譜に位置づける仕事をまとめた大橋、またライトノベル言説の文化研究を着々と進めている山中の活躍については、いまさら紹介するまでもあるまい。現今のライトノベル業界が頭打ちの様相を見せ始め、一時の勢いを失いつつあると言われている昨今、われわれはライトノベルの歴史的・文化的位相やテクストの物語内容に言及するだけではなく、ライトノベルの動態に積極的に関与するとともに、リアルタイムでライトノベルの魅力を掘り起こしていく作業を遂行する。ただしそれは、従来の人気投票的な紹介とは一線を画する。今後のライトノベルに必要なのは、「創刊の辞」で大橋が指摘しているように、ライトノベルを意味づけていくための評価軸の確立である。そのためには、従来のライトノベルに関する言説を整理して歴史化する作業と同時に、ライトノベルに対する批評言説を積み重ねていくしかない。「いま・ここ」にあるライトノベルの魅力を伝える舞台として、ライトノベルに見られる重層的な文脈を可視化していく場所として、ここに『ライトノベル・フロントライン』を創刊する。ライトノベルを愛してやまないみなさまにとって、価値ある書籍となることを確信している。

ライトノベル研究会のご紹介

ライトノベル研究会は、横浜国立大学の一柳廣孝教授と目白大学の久米依子教授を中心に、ライトノベルをめぐる学術研究の推進を目指して2006年5月に設立されました。現在40人近くの会員を擁する当研究会には、文学、社会学、民俗学、情報工学、建築学などさまざまな専門分野を持つ人材が集まっていて、年齢層も大学生から社会人まで幅広いものになっています。なお、最近は中国や韓国からの留学生にも参加していただき、国際色豊かな研究会へと変貌を遂げつつある状況です。このような環境を生かして当研究会は、参加者同士が発表などを通じて忌憚のない議論を交わす場となり、ライトノベル研究の「最前線」を担う場となってきました。そして、この「場」で培われた研究成果を『ライトノベル研究序説』(一柳廣孝／久米依子編著、青弓社、2009年）や『ライトノベル・スタディーズ』(一柳廣孝／久米依子編著、青弓社、2013年）にまとめ、現在はライトノベルに興味関心を持つ大学生や、研究指導をおこなう大学教員のための基礎文献として広く認知されています。また11年には公式ブログを開設し、研究会の開催情報はもちろん、研究成果や関連イベントなどに関する情報を積極的に発信中です。15年6月現在ではアクセス数が10万を突破し、日本だけでなく、アジアや欧米諸国からのアクセスや問い合わせも見受けられるようになりました。今後も公式ブログからさまざまな情報を発信していきますので、当研究会にかぎらず、ライトノベルに興味や関心がある方はぜひごらんください。また、当研究会の会員募集は常時実施していますので、お気軽に担当者までご連絡ください。

公式ブログ　https://societyforlightnovel.wordpress.com/
連絡先　lnovel.official@gmail.com

西貝 怜（にしがい・さとし）
白百合女子大学大学院文学研究科博士課程。専攻は科学文化論、行動生態学。論文に「『魔法少女まどか☆マギカ』における希望についてタイムトラベルの倫理と時間的展望からの考察」（「文理シナジー」第16巻第1号）

樋口康一郎（ひぐち・こういちろう）
高校教員。専攻は日本近代文学。論文に「「女の子になりたい男」の近代」（「ユリイカ」2015年9月号）など

松永寛和（まつなが・ひろかず）
日本大学大学院芸術学研究科博士後期課程。専攻は芸術学、ライトノベル研究。論文に「ライトノベルにおける相互テクスト性とデータベース消費について」（「芸術・メディア・コミュニケーション」第12号）など

山川知玄（やまかわ・ともはる）
中学校教員。専攻は国語教育学、漢文学、現代文学。共著に『ライトノベル研究序説』（青弓社）など

山口直彦（やまぐち・なおひこ）
会社員。専攻は情報工学・音楽情報科学。共著に『ライトノベル・スタディーズ』（青弓社）など

[著者略歴]
※以下、五十音順

一柳廣孝（いちやなぎ・ひろたか）
横浜国立大学教員。専攻は日本近代文学、日本近代文化史。著書に『無意識という物語』（名古屋大学出版会）など

犬亦保明（いぬまた・やすあき）
私立高校教員。専攻は現代日本児童文学。共著に『ライトノベル・スタディーズ』（青弓社）など

井上乃武（いのうえ・のぶ）
東京都立大学大学院博士課程修了。専攻は現代日本児童文学。共著に『ライトノベル・スタディーズ』（青弓社）など

大島丈志（おおしま・たけし）
文教大学教員。専攻は日本近代文学。著書に『宮沢賢治の農業と文学』(蒼丘書林)など

太田 睦（おおた・むつみ）
海外ボランティア。専攻は数理工学、映像信号処理。著書に『ボブ・ディランの転向は、なぜ事件だったのか』（論創社）など

久美沙織（くみ・さおり）
作家。著書に『眠り姫と13番めの魔女』（KADOKAWA）、『コバルト風雲録』（本の雑誌社）など。個人ウェブサイト「久美蔵」（http://kumikura.jp）

久米依子（くめ・よりこ）
目白大学教員。専攻は日本近代文学、日本児童文学。著書に『「少女小説」の生成』（青弓社）など

嵯峨景子（さが・けいこ）
明治学院大学非常勤講師。専攻は歴史社会学、文化史研究。論文に「吉屋信子から氷室冴子へ」（「ユリイカ」2014年12月号）など

杉本未来（すぎもと・みらい）
東京大学大学院総合文化研究科博士課程。専攻は現代日本文学・文化。論文に「筒井康隆『美藝公』」（「言語態」第13号）など

堤 早紀（つつみ・さき）
主婦。主な論文に「佐藤春夫『西班牙犬の家』論」など

[編著者略歴]
大橋崇行（おおはし・たかゆき）
作家。東海学園大学教員。専攻は日本近代文学。小説に『大正月光綺譚 魔術少女あやね』（辰巳出版）など

山中智省（やまなか・ともみ）
滋賀文教短期大学教員。専攻は日本近代文学、オタク研究。著書に『ライトノベルよ、どこへいく』（青弓社）など

ライトノベル・フロントライン1
特集　第1回ライトノベル・フロントライン大賞発表！

発行――2015年10月16日　第1刷
定価――1200円＋税
編著者――大橋崇行／山中智省
発行者――矢野恵二
発行所――株式会社青弓社
〒101-0061 東京都千代田区三崎町3-3-4
電話 03-3265-8548（代）
http://www.seikyusha.co.jp
印刷所――三松堂
製本所――三松堂

ISBN978-4-7872-9231-5 C0395